KB193659

다다미 넉 장 반
타임머신 블루스

YOJOHAN TIME MACHINE BLUES
by Tomihiko MORIMI

First published in Japan in 2020 by KADOKAWA CORPORATION, Tokyo.
Korean translation rights arranged with KADOKAWA CORPORATION, Tokyo through
JM Contents Agency Co.

다다미 넉 장 반 타임머신 블루스

모리미 도미히코 장편소설
우에다 마코토 원안
권영주 옮김

四畳半タイムマシンブルース

비채

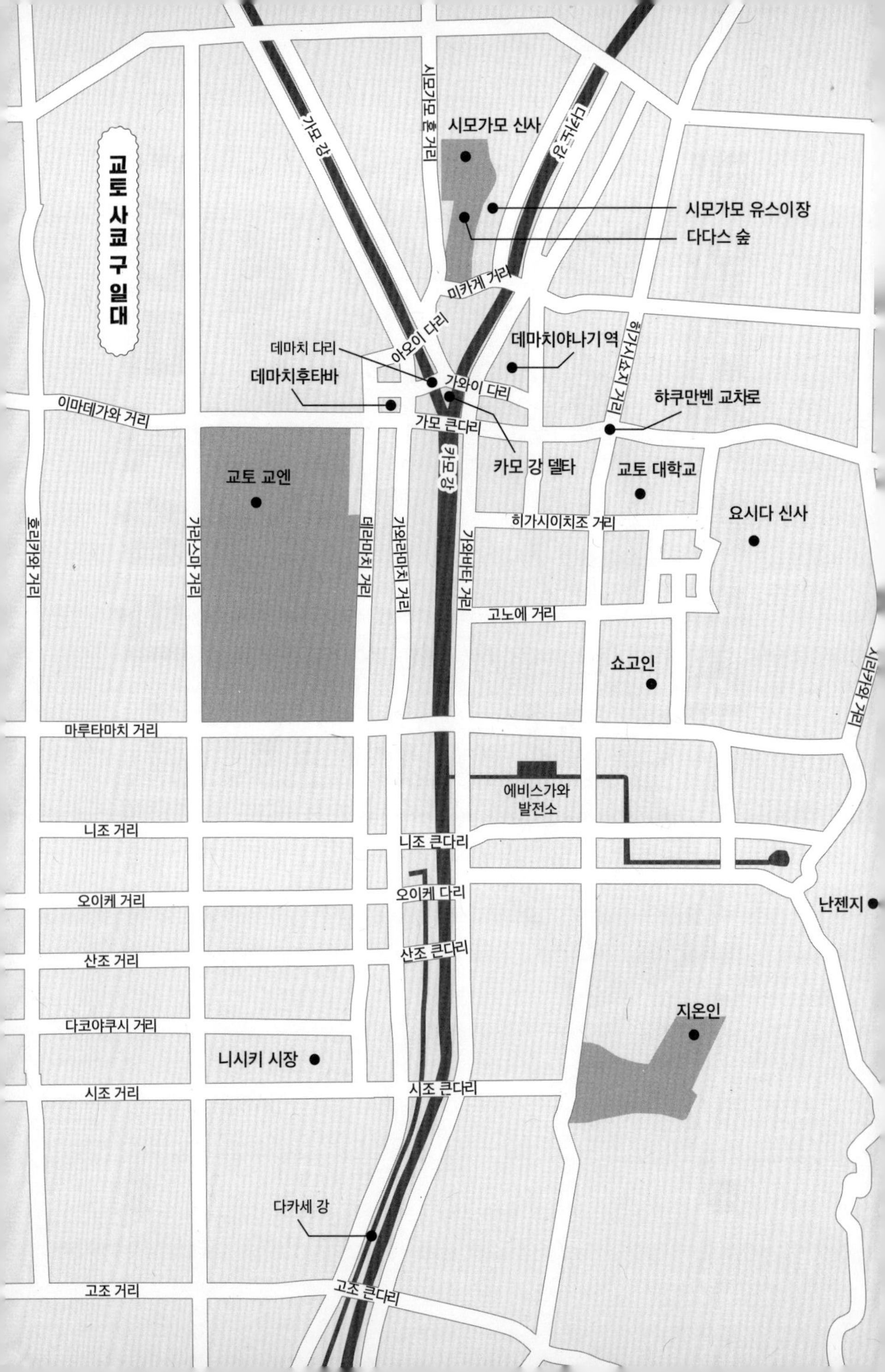
교토 사쿄 구 일대
가모 강
시모가모 혼 거리
시모가모 신사
다카노 강
시모가모 유스이장
다다스 숲
미카게 거리
아오이 다리
데마치 다리
데마치야나기 역
데마치후타바
가와이 다리
히가시오지 거리
하쿠만벤 교차로
이마데가와 거리
가모 큰다리
가모 강
카모 강 델타
교토 대학교
교토 교엔
요시다 신사
히가시이치조 거리
호리카와 거리
가라스마 거리
데라마치 거리
가와라마치 거리
가와바타 거리
고노에 거리
쇼고인
시라카와 거리
마루타마치 거리
에비스가와
발전소
니조 거리
니조 큰다리
난젠지
오이케 거리
오이케 다리
산조 거리
산조 큰다리
지온인
다코야쿠시 거리
니시키 시장
시조 거리
시조 큰다리
다카세 강
고조 거리
고조 큰다리

차례

1

8월 12일

이 자리에서 단언하노라. 일찍이 유의미한 여름을 보낸 적이 없노라고.

일반적으로 여름은 인간적 성장의 계절이라 일컫는다. 사나이란 모름지기 여름 한철 지나 만날 적에는 괄목상대해야 하는 법! 한 꺼풀 벗고 달라진 자신을 급우들에게 과시하는 영광의 순간을 손에 넣기 위해서는 치밀한 계획, 일찍 자고 일찍 일어나는 바른 생활, 육체 단련, 학문에의 정진이 불가결하다.

그러나 하숙 생활 삼 년째 되는 여름, 나는 초조함에 시달리고 있었다.

교토의 여름, 나의 다다미 넉 장 반은 타클라마칸 사막처럼 염열 지옥이 된다. 목숨마저 위태로운 혹독한 환경 아래 생활 리듬은 붕괴의 일로를 걷고 치밀한 계획은 탁상공론이 되어 더위가 육체의 쇠약과 학문의 퇴락에 박차를 가한다. 그런 상황에서 인간적 성장을 이룩하는 것은 부처님이라도 불가능하다. 아아, 꿈은 깨져도 다다미 넉 장 반은 남았도다.

대학생 시절이라는 수행 기간도 반환점을 지났다. 그런데도 나는 아직 한 번도 유의미한 여름을 보낸 적이 없다. 사회적으로 유용한 인재가 되고자 자신을 단련하지 못했다. 이대로 손 놓고 있다가는 사회가 내 면전에서 냉혹하게 문을 닫아버리리라.

기사회생을 노리는바, 타개책은 문명의 이기 에어컨이었다.

8월 12일 이른 오후였다.

학생용 연립주택의 209호 내 방에서 나는 한 사내와 마주 앉아 있었다.

내가 기거하는 곳은 시모가모 이즈미가와초에 있는 시모가모 유스이 장이라는 하숙이다. 갓 입학했을 무렵, 대학 생협의 소개로 이곳을 찾아왔을 때 구룡성에 들어온 줄 알았다. 지금 당장이라도 폭삭 주저앉을 것 같은 3층 목조 건물은 보는 이를 불안하게 하는 노후함이 이미 중요문화재의 경지에 달해 있다 해도 과언이 아니나, 이곳이 소실된다고 아쉬워할 사람이 아무도 없을 것은 상상하기 어럽지 않다.

웃통을 벗고 땀으로 범벅이 된 남자 대학생 둘이 다다미 넉 장 반에서 서로 노려보는 광경만큼 불쾌한 것이 세상에 또 있으랴. 때는 작열하는 태양이 시모가모 유스이 장의 지붕을 달구어 209호의 불쾌지수가 정점에 다다르는 시각이었다.

체면이고 나발이고 창문과 문을 활짝 열어놓고 집에서 가져온 골동품 선풍기를 틀어도 뜨거운 바람이 빙글빙글 돌 뿐이니 덥다 못해 의식이 몽롱해졌다. 눈앞에 웅크리고 있는 사내는 현실의 존재인가? 순수한 마음을 가진 나에게만 보이는 너절한 신기루가 아닌가?

나는 수건으로 땀을 훔치며 말했다.

"어이, 오즈."

"……부르셨수?"

"살아 있냐?"

"저 같은 건 신경 쓰지 마세요. 이제 곧 죽을 테니까."

상대방은 눈을 반쯤 까뒤집고 그렇게 대답했다. 건강함과 거리가 먼 회백색 얼굴은 땀에 젖어 번들번들 광을 발하는 것이 흡사 방금 막 태어난 누라리횬 같다.

이른 오후의 하숙은 쥐 죽은 듯 고요했다. 아침에는 그렇게 시끄럽던 매미 울음소리도 뚝 그치고 시간이 멈춘 것처럼 조용했다. 고향에 내려간 학생도 많거니와 이런 한여름 대낮에 다다미 넉 장 반에 틀어박히는 얼간이는 많지 않다.

현재 이 낡은 연립에 남아 있는 사람은 오즈와 나를 제외하면 옆방 210호에 사는 히구치 세이타로라는 만년 학생 정도일 것이다. 어젯밤 내 방에서 철야로 에어컨의 명복을 빌어주는 자리를 가졌는데, 날 밝을 녘이 되자 히구치 씨는 실수투성이 반야심경을 흐늘흐늘 읊은 뒤 "심두를 멸각하면 다다미 넉 장 반 또한 가루이자와와 같도다. 할喝!"이라고 알 수 없는 소리를 지껄이며 옆방으로 사라져서는 점심때가 지나도록 소식이 없다. 이 지옥 같은 더위에 용케 쿨쿨 잘 수 있다 싶다.

오즈가 망고 프라푸치노를 마시고 싶다고 하기에 찻종에 찝찔하고 미적지근한 보리차를 따라주었다. 오즈는 병든 두꺼비가 흙탕물을 마시듯 질금질금 마셨다.

"아이고, 맛없어…… 맛없어……."

"닥치고 마셔."

"에도 시대풍 미네랄 보급은 이제 싫다고요."

서글프게 한탄하는 오즈를 무시했다.

앞서 나는 '에어컨의 명복을 빌어주었다'라고 썼다.

그게 뭐냐고 독자 제씨가 의아하게 생각하는 것도 당연하리라.

우리가 밤을 새워 애도의 뜻을 표한 에어컨은 옛적부터 209호에 설치되어 있었다는 전설의 에어컨이다. 다다미 넉 장 반에 어울리지 않는 문명의 이기는 집주인 모르게 무단으로 설치한 것이 명백한, 과거 이 방에 살았던 선주민의 호걸스러움을 말해주는 역사 유산이었다. 그리하여 이 연립에서 유일하게 에어컨이 달린 다다미 넉 장 반으로서, 209호는 모든 주민에게 선망의 대상이었다.

209호의 소문을 처음 들은 것은 1학년 여름이었다. 공동취사장에서 마주친 팬티 바람의 고참 학생이 가르쳐주었다. 히구치 세이타로라고 이름을 댄 고참 학생이 귀띔해준 '에어컨 달린 다다미 넉 장 반'은, 당시 나에게 아서 왕이 최후를 맞이했다는 전설의 섬 아발론처럼 아득히 먼 환상의 땅으로만 여겨졌다. 그로부터 이 년 뒤, 209호로 이사하는 영예를 누리게 될 줄은 꿈에도 몰랐다.

그러나 구태여 1층에서 2층으로 방을 옮겼는데도 나는 에어컨의 은혜를 겨우 며칠밖에 입지 못했다.

모든 책임은 눈앞에 있는 사내, 오즈에게 있었다.

오즈와 나는 같은 학년이다. 공학부 전기전자공학과 소속인데도 전기도, 전자도, 공학도 싫어한다. 1학년이 끝난 시점에서 취득 학점 및 성적은 무시무시한 저공비행이라 과연 대학에 재적하는 의미가 있는 것인지 알 수 없었다.

야채를 싫어하고 즉석식품만 먹기 때문에 안색이 어쩐지 달의 이면에서 온 사람 같아 심히 소름 끼친다. 밤길에 마주치면 열 중 여덟이 요괴로 착각한다. 나머지 둘은 요괴다. 약자에게 채찍을 휘두르고, 강자에게 알랑거리고, 제멋대로고, 오만하고, 태만하고, 청개구리 같고, 공부도 하지 않고, 자존심은 터럭만큼도 없고, 타인의 불행을 반찬으로 밥을 세 공기 먹을 수 있다. 칭찬할 점이 도무지 한 가지도 없다. 그를 만나지 않았더라면 나의 영혼은 더욱 맑았으리라.

"잘도 내 인생을 망쳤겠다."

"리모컨에 콜라를 쏟은 것뿐이잖아요."

오즈는 얼굴을 스윽 훔치며 키들키들 웃었다.

"아카시 군이 어떻게 해줄 겁니다."

"조금은 반성할 줄 알아라 이 말이다."

"왜 제가 반성해야 하는데요?"

오즈는 아주 뜻밖이라는 표정으로 말했다.

"이건 연대 책임이라고요. 여기서 영화를 찍자고 한 아카시 군도 잘못이고, 그런 곳에 리모컨을 놔둔 사람도 잘못이고, 콜라를 마시다 말고 그런 곳에 둔 사람도 잘못입니다. 제일 잘못한 사람은 '지금부터 알몸 댄스를 추겠다'라고 선언한 당신이죠."

"난 그런 소리 한 적 없어."

"이제 와서 발뺌하기입니까? 얼마나 분위기 좋았는데요."

애초에 말이죠, 하고 오즈는 계속해서 나불나불 입을 놀렸다.

"콜라를 쏟은 정도로 조작이 불가능해졌다면 그건 리모컨 설계에 문제가 있다고 봐야 한다고요. 그런데도 당신은 저 혼자만의 책임으로 몰아붙이면서 반성하라고 당치도 않은 소리를 하죠…… 오히려 저는 희생자란 말입니다."

이 누라리횽의 말에도 일리는 있었다. 에어컨 본체에 조작 버튼이 없다니 이해할 수 없는 일이다. 아카시 군이 리모컨 수리에 실패하면 나는 에어컨을 작동할 수단을 영원히 잃어 남은 여름방학을 불구덩이 같은 다다미 넉 장 반에서 지내야 한다. 이럴 줄 알았으면 방을 옮기지 않았다. 1층이 그나마 덜 덥다.

나는 일어나 개수대에서 수건을 꽉 짜서 어깨에 걸쳤다.

"나는 올해에는 꼭 유의미한 여름을 보낼 터였다. 타락한 생활에서 탈출해 한 꺼풀 벗은 멋진 사내가 될 터였어. 그래서 에어컨이 필요한 것이었건만!"

"에이, 그건 무리입니다."

"뭣이?"

"저는 전력을 다해서 당신을 망쳐놓을 거라고요. 에어컨 같은 걸로 유의미한 학창 생활을 손에 넣을 수 있을 것 같습니까? 사람 그렇게 우습게 보는 거 아닙니다."

나는 도로 앉아 오즈를 노려보았다.

"재미있어하는군."

"상상에 맡기죠, 우히히."

오즈와 나는 1학년 봄, 망상계 철도 동아리 '게이후쿠 전철 연구회'에서 처음 만났다. 그로부터 이 년 반, 수치스러운 청춘의 온갖 어둠 속에 오즈라는 사내가 서 있다. 전도유망한 학생을 불모의 황야로 인도하는 메피스토텔레스. 리모컨에 콜라를 쏟은 것도 고의가 아닌가. 어쨌거나 타인의 불행을 반찬으로 밥을 세 공기 먹을 수 있는 사내이니 말이다.

나는 젖은 수건으로 오즈를 찰싹 때렸다.

"반성하는 척이라도 좀 해라!"

"제 사전에 '반성'이란 단어는 없습니다."

오즈는 케케케 웃으며 자기 수건으로 나를 같이 때렸다. "요 녀석이" "헹, 겨우 고겁니까" 하고 리드미컬하게 때리고 맞다 보니 즐거워졌다. 주거니 받거니 한바탕 빈약한 나체를 때리던 중에 오즈가 "으힉" 하고 비명을 지르며 몸을 움츠렸다. "뭐냐, 항복이냐"라며 더욱 신나서 찰싹찰싹 때리자 오즈는 두 손을 들고 "잠깐만요, 잠깐 휴전하자고요"라고 소리쳤다. "손님이 왔다니까요!"

뒤를 돌아보니 열린 문 밖에 아카시 군이 서 있었다. 왼쪽 어깨에 큰 가방을 메고 오른손에는 라무네 병을 들었다. 나팔꽃 관찰에 여념이 없는 초등학생처럼 진지한 눈빛으로 우리를 보고 있었다.

"사이 좋은 모습이 얼간이 같구나일본 경구 '사이 좋은 모습이 아름답구나'에서."

그녀는 그렇게 중얼거리고는 라무네를 시원스럽게 마셨다.

아카시 군은 우리 한 학년 후배다. 학내 영화 동아리 '계禊'에 소속되어, 쿨한 분위기와는 달리 전혀 쿨하지 않은 허접쓰레기 영화를 양산하는 사랑스러운 인물이다. 같은 영화 동아리 소속인 오즈의 말로는 동아리 내에서도 아카시 감독에 대한 평가는 애매모호하다고 한다. 남이 한 편 찍을 사이에 세 편을 찍는 프로페셔널함에는 누구나 칭찬을 아끼지 않지만, 작품의 허접함을 접하는 단계가 되면 누구나 조신하게 입을 다문다.

그 같은 주위의 떨떠름한 평가를 아랑곳하지 않고 아카시 군은 이번 여름방학, 허접쓰레기 영화계에 환생한 문호 발자크처럼 영화를 찍어댔다. 어제도 아침 일찍부터 오후 3시 넘어서까지 이 연립 뒤에 있는 주인집에서 허접쓰레기 SF 시대극을 촬영한 참이다.

아카시 군은 다다미 넉 장 반 출입구에 가방을 내려놓았다.

"뭐 하고 계셨던 거예요?"

"아니, 아무것도 아니야."

"더워서 발광한 겁니다, 우히히."

"잠깐 무슨 성적인 행위인 줄 알았지 뭐예요. 보면 안 되는 장면인가 했는데 문이 활짝 열려 있어서요."

"확실히 사랑의 행위이긴 하죠."

"좌우지간 잊어달라고, 아카시 군."

"알겠습니다. 잊을게요. 잊었어요."

오즈와 내가 허둥지둥 옷매무새를 고치자 아카시 군은 사뿐사뿐 안으로 들어왔다.

전파상 아저씨는 과연 불쾌한 콜라 세례로부터 리모컨을 부활시켰을까. 마른침을 삼키며 지켜보고 있으려니 아카시 군은 단정하게 앉아 "명복을 빕니다"라며 합장했다. 온몸에서 힘이 쭉 빠지는 느낌이었다.

"역시 안 되는군."

"일단 리모컨을 맡겨놓고 왔지만 아마 어려울 거라고 하셨어요. 꽤 옛날 모델인지 아직도 쓰는 사람이 있느냐며 놀라던데요. 웬만하면 새로 사라고 말이에요."

"그게 돼야 말이지."

"그러게 말이에요."

오즈가 으스대며 말했다.

"아카시 군, 자네한테 실망했습니다!"

"너는 닥치고 있어, 미래영겁."

"오즈 선배 말씀이 맞아요. 참으로 원통한 일이에요."

아카시 군은 이미 내실 있는 여름방학을 한나절 보내고 온 모양이다.

아침 7시에 기상해 아침 해에 인사하고 영양이 풍부한 아침식사를 섭취한 뒤 학교로 가, 개관 직후의 부속 도서관에서 두 시간 동안 열심히 공부하고 나서, 리모컨을 수리하러 전파상을 돌아다녔을 뿐 아니라 시모가모 신사 다다스 숲의 '납량 헌책 축제'에 얼굴을 내밀고 왔다 한다.

아카시 군이 그토록 생산적인 한나절을 보내는 동안 우리는 대체 무엇을 했나. 무더운 다다미 넉 장 반에서 반라로 책상다리를 하고 앉아 서로 노려보며 비지땀만 생산하고 있었다. 무익하다. 어리석다. 현세의 지옥이다. 다시는 되찾을 수 없는 인생의 서머타임이 양지바른 곳에 놓은 빙수처럼 녹아간다. 너무 허무해서 뭐라 할 말이 없다.

아카시 군이 조금 어이없다는 듯 물었다.

"오즈 선배, 결국 여기서 주무신 거예요?"

"밤을 새워 에어컨의 명복을 빌었거든요."

오즈는 우쭐대며 말했다. "이 방은 주민들한테 동경의 대상이었으니까 다들 무언의 분노를 터뜨리던데요. 나는 아무렇지도 않았지만."

"오즈 선배는 변태니까요."

"역시 후배는 뭘 좀 아네."

"덕분에 내 인생 계획이 엉망진창이 됐다."

"무의미하고 즐거운 하루하루 아닙니까. 뭐가 불만이에요?"

헤실헤실 웃는 오즈의 목을 조르는데 복도에서 삐삐 지지 하고 잡음이 들렸다.

여기 시모가모 유스이 장에는 주인집과 직통하는 스피커가 있다. 각 층 복도 끝, 공용 베란다로 나가는 유리문 위에 설치되어 연립 뒤 저택에 사는 노부인의 황송하신 말씀을 전 주민에게 전달한다. 고물 스피커를 통해 들리는 집주인의 목소리가 가히 천상의 위엄을 지니는 터라 안내방송은 예로부터 '하늘의 목소리'라 불렸다. 내용은 기본적으로 방세 독촉이다.

"히구치 군, 201호 히구치 세이타로 군."

집주인의 엄숙한 목소리가 복도에 울려 퍼졌다.

"방에 있다는 거 알아요. 와서 방세를 내요."

하지만 옆방의 괴인이 일어나는 낌새는 없었다. 하늘의 목소리는 부질없이 몇 차례 반복된 뒤 그치고 연립은 다시 조용해졌다.

"옆방 사람은 반응도 없군."

"산처럼 꿈쩍도 않고 계속 자는데요."

"스승님은 아직 주무시는군요. 역시 대단하세요."

믿기지 않는 일이지만 아카시 군은 오즈와 함께 히구치 씨의 '제자'를 자칭하며 작년 연말부터 이 연립에 드나들었다.

아닌 게 아니라 히구치 씨는 이곳의 모든 주민이 터주로 받드는 경외의 대상인 데다 집주인까지도 인정하는 느낌이다.

하지만 지난 이 년 반 동안 그의 생태를 낱낱이 관찰해온 나에게 묻는다면, 히구치 세이타로라는 인물은 바로 '헐렁이 만년 학생'이라는 고색창연한 개념의 살아 있는 결정, 인생의 막장으로 인도하는 위험하기 그지없는 도선사다. 그런 정체를 알 수 없는 인간에게 가르침을 청하다니 왜 아까운 청춘을 낭비하는가 싶은 반면, 아카시 군이 이런 쓰레기통 같은 연립을 찾아오는 일 자체는 환영하지 않을 수 없는지라 지난 반년간 나는 지극히 복잡한 심정으로 지켜봐왔다.

나는 보리차를 끝까지 마시고 말했다.

"히구치 씨는 대체 무슨 스승이지?"

"본질에 접근하는 질문이군요. 실은 저도 잘 모르겠습니다."

"굳이 말하자면 '인생의 스승'이라고 할까요."

오즈는 "아카시 군, 역시 훌륭해요"라며 고개를 끄덕였다. "혼자 다다미 넉 장 반에 틀어박혀 꾸물꾸물하느니 당신도 제자가 되지 그래요? 게이후쿠 전철 연구회에서 쫓겨나서 한가하죠? 사실은 얼마 전에 당신을 제자로 삼으시라고 진언했더니 스승님도 기꺼이 승낙하셨거든요. 그래서 당신은 이미 제자입니다."

"어이, 누구 맘대로."

"괜찮다니까요, 사양할 것 없어요."

그러자 아카시 군이 내 얼굴을 빤히 들여다보며 말했다.

"즐겁다고요, 선배. 선배도 같이하시죠?"

그 감미로운 한마디에 굳은 의지를 가진 나도 하마터면 함락될 뻔했다.

히구치 씨의 제자가 되면 자동적으로 아카시 군이 선배 누나가 된다. 선배 누나! 이 얼마나 고혹적인 느낌인가. 더없이 몰랑몰랑한 단팥 찹쌀떡처럼 감미롭다.

하지만 나는 굴러온 호박 같은 선배 누나를 원하는 것도, 정체를 알 수 없는 괴인에게 인생을 배우고 싶은 것도 아니다. 이 무익하고 게으른 하루하루에 자포자기하지 않고 유의미한 학창 생활을 주체적으로 쟁취하고 싶은 것이다. 그리하여 남자로서 한 꺼풀 벗고 나면…….

나는 아카시 군을 흘깃 보며 말했다.

"아무튼 제자가 될 생각은 없다."

오즈는 과장되게 "아쉽군요"라며 한숨을 쉬었다.

"제자가 되면 16일 고잔오쿠리비를 구경하는 자리에 초대하려고 했는데요. 남들은 모르는 절경 포인트에 스승님이 데려가주실 귀중한 기회란 말입니다. 됐어요. 당신은 다다미 넉 장 반에서 무릎을 끌어안고 KBS교토 일본 교토의 지역 방송 채널라도 보고 계세요. 아카시 군은 그날 시간 비워놓고."

"전 안 가요." 아카시 군이 말했다.

오즈가 눈을 둥그렇게 떴다.

"네? 왜요? 어째서?"

"다른 사람이랑 같이 가기로 약속했거든요."

"어제는 그런 말 없었잖아. 대체 누구랑 가는데?"

"그걸 왜 보고해야 하는데요?"

아카시 군은 오즈를 똑바로 보며 딱 잘라 말했다.

여기에는 오즈도 대꾸할 말이 없었다. 참으로 통쾌하고 고거 꼬소하다 해야 할 일이었으나, 실은 나 또한 은밀히 충격을 받았다.

8월 16일, 아카시 군은 오쿠리비를 구경하러 간다. 대체 누구와?

옆얼굴을 슬쩍 훔쳐보니 아카시 군은 믿기지 않을 만큼 태연한 표정이었다. 한겨울의 다다스 숲에 선 것처럼 하얀 볼에 땀 한 방울 보이지 않았다.

"아카시 군, 덥지 않아?" 나는 물었다.

"엄청 더워요."

그녀는 그렇게 말하고는 남은 라무네를 다 마셨다.

어제 8월 11일은 아침부터 신작 영화를 촬영했다.

〈막부 말기 연약자 열전–사무라이 워즈〉.

허접쓰레기 같은 제목에서부터 농후한 허접쓰레기 영화의 면모가 드러나는데, 원안은 오즈와 나에게서 나온 것이다. 우리가 다다미 넉 장 반에서 늘어놓던 바보 같은 이야기에 관심을 보인 아카시 군이 어느새 시나리오를 써서 '영화로 만들고 싶다'라고 했다.

때는 막부 말기, 게이오 시대.

어쩌다가 21세기의 다다미 넉 장 반에서 타임슬립을 한 대학생 '긴가 스스무'는 유신維新 지사들의 은신처에 가게 된다. 그곳에서 사이고 다카모리, 사카모토 료마, 다카스기 신사쿠, 이와쿠라 도모미, 가쓰 가이슈, 히지카타 도시조 등 막부 말기 유신의, 역사상 유명한 인물들을 만난다.

그런데 긴가에게는 가공할 재능이 있었다. 자신과 관여한 인간을 모조리 쓸모없는 게으름뱅이로 만들어버리는 재능이다.

그에게 감화된 막부 말기의 사내들이 줄줄이 패기를 잃어 막부 지지파도 막부 타도파도 빠른 속도로 와해되어간다. '이러다 미래가 바뀌겠다!' 하고 허둥대지만 그때는 이미 늦어, 역사가 바뀌는 위험성을 설명해도 막부 말기의 사내들은 아하하 하고 명랑하게 웃기만 한다.

이윽고 막부 지지파와 막부 타도파가 원을 그리며 '좋지 아니한가' '좋지 아니한가' 하고 미친 듯이 춤추는 가운데, 대폭적인 역사 수정을 견디지 못한 시공 연속체가 대규모 붕괴를 일으켜 무참하게도 온 우주가 소멸된다. 참으로 가엾은 일이로다.

이상, 끝.

시나리오를 읽고 나도 모르게 "이거 괜찮은 거야?" 하고 중얼거렸다.

"괜찮아요." 아카시 군은 힘차게 고개를 끄덕였다. "이게 좋아요."

어제 아침 시모가모 유스이 장에 학생들이 속속 모여들었다.

아카시 군이 속한 영화 동아리 '계'의 멤버들이다.

이 아마추어 영화 집단에 태도가 한층 거만한 사내가 있는데, 바로 동아리의 보스 조가사키 씨였다. 그는 "인간이 살 곳이 못 되는군" 하고 혀를 차며 들어와서는 내가 분장실로 제공한 209호에 마치 제 집인 양 눌러앉았을 뿐 아니라 문을 활짝 연 채 에어컨을 신나게 트는 만행을 저질렀다. 생전 처음 보는 속도로 돌아가는 전기미터가 내 분노의 바로미터가 된 것은 말할 필요도 없다. 게다가 조카사키 씨는 아카시 군의 시나리오를 손가락질하며 내용의 허접함을 큰 소리로 지적하기 시작했다.

아닌 게 아니라 옳은 주장이었다. 귀 기울여 들어야 했다.

하지만 네놈에게서만은 듣고 싶지 않다.

"아이디어는 제 건데요" 하고 나는 말했다. 영화 동아리의 멤버도 아닌데 촬영을 돕겠다고 나선 것은 원안자로서 책임을 느끼기 때문이었다.

"그래? 흐응."

조가사키 씨가 나를 빤히 봤다.

그래서 뭐 어쨌다고? 하는 태도였다.

이 시점에서 조가사키 씨와 나의 대립은 확실해졌다.

앞으로 이 인물의 발목을 잡는 것만 생각하자, 되도록 음침한 방법으로. 나는 일단 에어컨 설정을 슬며시 '난방'으로 바꾸고 방에서 나왔다.

연립 2층의 실내 복도는 원래도 온갖 잡동사니로 혼잡한데, 거기에 스태프와 출연자까지 밀려들어 바야흐로 만원 전철 같았다. 아카시 군은 꿀벌처럼 이리저리 날아다니며 의상 확인에 미팅에 여념이 없었다. 늠름한 옆얼굴을 홀린 듯 바라보고 있으려니 209호에서 "왜 '난방'으로 돼 있어!"라고 조가사키 씨가 고함치는 소리가 들려와 속이 후련했다.

그때 210호 문이 열리더니 히구치 세이타로가 얼굴을 내밀었다.

"여, 귀군"이라며 나를 불렀다.

히구치 씨는 긴 머리를 묶고 진녹색 기모노 품에 손을 넣고 있었다. 영화 촬영을 위한 분장인데 평소 하숙에서 보는 모습과 별 차가 없다. 히구치 씨는 사철沙鐵로 버무린 가지 같은 턱을 쓰다듬으며 "일본의 여명이로다!"라고 명랑하게 말했다.

"사카구치 료마 역이군요."

"음. 제자의 부탁을 거절할 순 없으니 말이지."

히구치 씨는 품에서 모형 총을 꺼냈다.

"일본의 여명이로다! 일본의 여명이로다!"

복도 저편에서 얼굴을 새하얗게 바른 징그러운 인간이 다가왔다. 이와쿠라 도모미로 분한 오즈였다. 금빛 부채로 입을 가리고 외설스러운 동작으로 몸을 비비 꼬며 "이나니" "이나니" 하고 그렇게 시끄러울 수가 없다. 히구치 씨가 모형 총을 오즈에게 겨누면서 "여명이로다!" "여명이로다!" 하고 맞서자, 209호에서 사이고 다카모리로 분한 조가사키 씨가 언짢은 표정으로 나타나 "있소이다" "있소이다"라고 하기 시작했다.

촬영은 연립 뒤에 위치한 주인집을 빌려서 했다. 줄줄이 들어서는 학생들을 보고 집주인은 눈을 둥그렇게 떴다.

"어머나, 참 본격적이네."

촬영 팀은 마당을 내다보는 툇마루가 있는 다다미방을 차지했다.

나무들 너머로 연립의 공용 베란다가 바로 보였지만, 그곳만 카메라에 비치지 않게 주의하면 '유신 지사들의 은신처'라고 우기지 못할 것도 없었다.

마음에 걸리는 것은 마당 안쪽에 놓인 석상이었다. 근육질 요괴 인간이 책상다리를 하고 앉은 듯한 소름 끼치는 석상인데 H. P. 러브크래프트의 공포소설이 생각난다. 과거 이 부근에 있던 늪의 터주 갓파 님의 상이라고 한다. 집주인이 "함부로 했다가는 지벌을 입어요"라고 주의를 준 터라 다른 곳으로 옮길 수도 없다.

아카시 군이 석상을 보며 중얼거렸다.

"어째 조가사키 선배를 닮지 않았어요?"

아닌 게 아니라 근육이 울룩불룩한 모습이 조가사키 씨를 많이 닮았다.

21세기의 다다미 넉 장 반에서 타임슬립한 헐랭이 대학생 '긴가스스무' 역은 영화 동아리 '계'의 아이지마라는 상급생이 맡았다. 세련된 안경을 쓰고 거들먹거리는 태도의 호리호리한 사내인데, 정중한 척하지만 무례한 말씨와 간사스러운 목소리로 아카시 군을 대하는 게 불쾌하다.

아이지마 씨도 조가사키 씨와 마찬가지로 각본의 허접함을 집요하게 지적했다. 주인공의 사소한 행동에 일일이 트집을 잡으며 '심리적으로 납득할 수 없어서 연기하지 못하겠다'라고 툴툴거렸다. 나는 가만있을 수 없어서 반박했다.

"그런 소리만 하면 재미가 없어지잖습니까."

"아까부터 이상했는데 너는 대체 누구지?"

아이지마 씨는 렌즈 뒤의 눈을 가늘게 뜨며 냉랭하게 말했다.

"전 지나가던 도우미입니다."

"너한테 의견을 물은 적 없는데."

"제가 원안자인데요."

"그래? 흐응."

아이지마 씨가 나를 쳐다봤다.

그래서 뭐 어쨌다고? 하는 태도였다.

조가사키 씨도 그렇고 아이지마 씨도 그렇고 아카시 군의 의도를 조금도 이해하지 못하거니와 이해하려 노력하는 기색조차 없다. 참으로 오만한 인간들이다.

그렇게 분노하다가 문득 생각에 잠겼다.

나도 혹시 같은 처지 아닌가?

촬영을 거들겠다고 나선 것은, 내 적절한 조언으로 아카시 군의 허접쓰레기 영화를 개선할 수 있다고 자부했기 때문이다. 하지만 아카시 군이 '제 허접쓰레기 영화를 개선해주세요' 하고 부탁한 적이 한 번이라도 있었던가.

아카시 군은 다름 아닌 허접쓰레기 영화를 만들고 싶은 것이다. 그렇다면 내가 할 일은 이 영화를 '개선'할 만반의 준비를 갖춘 우둔

한 것들에게서 이 영화의 사랑스러운 허접함을 지켜내는 게 아니겠는가. 싸움을 통해 그녀와 굳건한 유대를 길러냄으로써 나는 길가의 돌멩이 같은 존재에서 탈피할 수 있으리라.

나는 은밀히 방침을 정했다.

“그럼 여러분, 시작할까요.”

아카시 군이 툇마루에 서서 촬영 개시를 선언했다.

결론부터 말하자면 내 은밀한 결심은 별 도움이 되지 못했다.

불란서의 뤼미에르 형제가 시네마토그래프를 발명한 이래로 트러블 하나 없이 완성된 영화는 전무할 것이다. 영화에 트러블의 씨앗은 바닷가의 모래알처럼 끝이 없나니.

개성 강한 출연자들은 누구 한 명 지시를 따르지 않았다. 사이고 다카모리 역이 여전히 불만인 조가사키 씨는 번번이 대사를 고치려 들고, 아이지마 씨는 내면 표현에 집착해 끈덕지게 재촬영을 요구하고, 허옇게 화장하고 굴러다니는 오즈는 어찌나 징그러운지 촬영 불가, 히구치 씨는 ‘일본의 여명이로다!’ 외의 대사를 단호히 거부했다.

맡은 역에 과도하게 몰입한 신센구미 인간들은 계속 서로 삐걱거려 점심 도시락을 두고 칼부림까지 했다. 녹음 담당과 조명 담당이 치정 싸움을 벌이기 시작하고, 집주인의 애견 케차가 현장에 난입하고, 다수의 트러블에 염증이 난 동아리 멤버가 편지를 남기고 사라졌다. 전투 장면 촬영중 오즈가 갓파상을 쓰러뜨려 집주인에게 혼쭐났다.

그래도 아카시 군은 갖은 수를 동원해 촬영을 계속했다. 시나리오를 고치고 등장인물을 바꾸고 촬영 순서를 변경했다. 출연자들이 납득하게 하기 위해서라면 그녀는 거짓말도 마다하지 않았다. 리허설이라고 해놓고 촬영한다든지, 촬영한다고 해놓고 실은 리허설이었다든지, '나중에 다시 찍겠다'라고 해놓고 찍지 않았다.

이 영화는 붕괴를 향해 나아가고 있는가, 아니면 완성을 향해 나아가고 있는가. 관계자 중 아무도 알지 못했다. 단 한 사람, 아카시 군을 빼고.

오후 3시 지나 넓은 마당에서 출연자들이 좀비 무리처럼 '좋지 아니한가'를 춤춘 다음 아카시 군이 촬영 종료를 선언해도 그 말을 믿는 이는 아무도 없었다. 침묵이 주위를 지배했다. 망연자실한 출연자들 곁에서 케차가 엄숙하게 탈분脫糞하고 있었다. "재미있는 영화가 될 것 같군"이라는 히구치 씨의 말이 공허하게 들렸다.

잠시 후 오즈가 아카시 군에게 물었다.

"정말 이게 끝이라고?"

"네, 끝이에요. 고생 많으셨어요."

"어째 이것저것 생략한 것 같은데."

"아니에요. 필요한 건 다 찍었어요."

아카시 군은 서슴없이 말했다. "나머지는 편집으로 어떻게든 할게요."

그런 일이 가능한가?

영화는 정말 완성됐나?

나는 "아카시 군" 하고 말을 걸려다가 입을 다물었다.

그녀는 홀로 마당에 서서 밝은 하늘을 올려다보고 있었다.

지금까지 본 적이 없을 만큼 만족한 모습이었다.

"선배, 괜찮으세요?"

아카시 군의 목소리에 나는 정신이 들었다. 더위로 몽롱해져 있었던 모양이다.

주마등처럼 뇌리를 스쳐 간 어제 일은 총천연색 스펙터클 대작 영화처럼 나를 압도했다. 게다가 어제는 그것으로 끝나지 않았다.

촬영이 끝난 뒤 나는 오즈, 히구치 씨 등과 함께 공중목욕탕 '오아시스'에 갔는데, 하숙으로 돌아온 다음 벌어진 '콜라 사건'으로 내 에어컨은 숨을 거두고 말았다. 헐랭이 대학 생활 사상 가장 긴 하루는 에어컨의 죽음을 애도하는 음울한 행사로 막을 내렸다.

"어제는 긴 하루였어."

"고맙습니다. 덕분에 촬영이 무사히 끝났어요."

"늘 그래?"

"이번처럼 규모가 큰 건 처음이지만 엉망진창이 되는 건 매번 그래요. 하지만 그편이 나아요. 괴상망측한 맛이 나니까요."

"절대 완성 못 할 줄 알았는데."

아카시 군은 "왜요?" 하고 의아스레 말했다.

"일단 찍기만 하면 나머지는 편집으로 어떻게든 돼요."

"영화를 완성하는 완력으로 말하자면 아카시 군을 따라올 자가 없다고요."

오즈가 자랑스레 말했다. "완성되는 게 허접쓰레기라 그렇죠."

"어이, 허접쓰레기라고 하지 마."

"허접쓰레기인걸요."

"허접쓰레기라도 괜찮아요. 허접쓰레기라서 좋은 거예요."

아카시 군이 말했다. 오즈는 '거봐요' 하는 표정을 지었다.

영화 동아리 '계'는 매년 11월의 대학 축제 기간에 캠퍼스 내 강의실 하나를 빌려 '계 영화제'를 개최한다. 문제는 재수없는 상급생 조가사키 씨다. 〈막부 말기 연약자 열전〉이 그의 마음에 들 리가 없으니 최악의 경우 상영을 거부할 가능성도 있다고 했다. 영화제 라인업에 관해 최종 결정권을 가진 조가사키 씨가 허접쓰레기 영화를 배제하겠다는 의지를 표명하고 있기 때문이다.

"하누키 씨한테 부탁하면 돼요" 하고 오즈가 말했다. "조가사키 선배도 하누키 씨 부탁은 거절 못 하거든요."

하누키 씨는 동네 구보즈카 치과에서 일하는 치과 위생사다.

가끔 히구치 씨를 찾아오는지라 나도 말을 주고받아본 적이 있다. 연립에서 마주칠 때마다 "굿모닝" "굿나잇" 하고 명랑하게 인사하는 미인인데, 어제도 촬영이 끝날 때쯤 현장에 얼굴을 내밀었다. 히구치 씨와 조가사키 씨, 하누키 씨는 오랜 친구 사이인 모양이다.

아카시 군은 잠시 생각하더니 "그러게요"라고 말했다.

"하지만 그렇게까지 할 필요는 없을 거예요. 지금까지도 많이 찍었고 앞으로도 계속 많이 찍을 거니까요. 작품이 여러 편 있으면 조가사키 선배도 하나쯤은 봐줄걸요. 모조리 퇴짜 놓을 수는 없잖아요."

"그래, 물량 작전이란 말이지." 나는 신음하듯 말했다.

"다른 좋은 아이디어가 있으면 말씀해주세요."

어쨌거나 아카시 군이 만족한 듯하니 기쁜 일이었다.

어제 촬영이 끝난 뒤 흡족한 표정으로 밝은 하늘을 올려다보던 그녀의 모습이 떠올랐다. 오즈와 나의 실없는 잡담에서 태어난 스토리가 뜻밖에 쓸모가 있었다.

하지만 그것은 내 가슴에 일말의 슬픔을 불러왔다.

오즈와 나의 무익한 잡담에서 (비록 허접쓰레기일지라도) 하나의 작품을 만들어내는 사람이 눈앞에 있다. 그런데 나 자신을 돌아보면 지난 이 년 반에 걸친 학창 생활에서 대체 무엇을 이루었다는 말인가. 게이후쿠 전철 연구회에서 추방되는 아픔을 맛본 뒤로 세상을 비관해 다다미 넉 장 반이라는 소천지小天地에 틀어박혀, 찾아오는 이라곤 오즈라는 반요괴뿐. 흐드러지게 피는 실없는 잡담의 꽃은 아무 열매도 맺지 못한 채 허무하게 다다미 바닥에 지고 말았다. 이런 짓만 해서 무슨 의미가 있다는 말인가. 사회적으로 유익한 인재가 되도록 자신을 갈고닦지 않는 한 아카시 군의 곁에 설 자격이 없다. 그렇게 생각했기에 환상의 지보라 일컬어져 내려온 에어컨을 손에 넣었건만.

나는 원통한 심정으로 내 방 에어컨을 올려다보았다.

"아아, 에어컨이여!"

"당신도 참 포기할 줄 모르는군요."

"네놈은 평생 용서 못 한다."

"당신이 용서해주지 않아도 우리 우정은 영원불멸입니다."

오즈는 말했다. "우리는 운명의 검은 실로 맺어져 있다는 이야기입니다."

나는 거무죽죽한 실로 본리스 햄처럼 칭칭 묶여 어두운 물 밑으로 가라앉아가는 사내 두 마리의 무시무시한 환영이 뇌리에 떠올라 전율했다.

아카시 군이 "사이가 참 좋네요"라며 미소 지었다.

오즈는 그렇다 치고 아카시 군을 펄펄 끓는 다다미 넉 장 반에 앉히는 것은 안 될 일이다.

나는 그만 복도로 나가자고 제안했다.

"그래도 조금은 덜 덥겠지."

그러나 다다미 넉 장 반에서 복도로 나간들 별달리 상쾌한 경치가 펼쳐질 리 없다.

복도 건너편은 창고로 쓰는 방인데, 그곳에서 흘러넘친 잡동사니가 복도에 쌓여 있다. 매주 청소하러 오는 아주머니가 쓰는 도구, 전에 살던 사람이 두고 간 것으로 보이는 가재도구, 집주인의 물건 등…… 그것들이 워낙 혼연일체를 이루고 있다 보니 치울 방법이 없어 집주인도 모른 척하는 것 같다. 처음 이 광경을 봤을 때는 누가 2층 복도에 바리케이드를 쳐 봉쇄한 줄 알았을 정도다.

아카시 군은 노란 충전재가 튀어나온 소파에 앉았다.

오즈는 옆방 210호 문을 노크했다.

"안녕히 일어나십시오, 스승님. 안녕히 일어나십시오."

이윽고 안에서 히구치 세이타로가 웅얼거리는 목소리가 들렸다.

"……심두를."

"심두를?"

"멸각하면."

"멸각하면?"

"다다미 넉 장 반 또한 가미코치와 같도다!"

낭랑한 목소리가 말했다.

210호가 다시 고요해졌다.

나는 신선한 공기를 찾아 공용 베란다로 나갔다.

꾀죄죄한 세탁물을 지나 난간에 몸을 기대니 눈 아래로 마당에 증설한 간이 샤워실과 빨랫줄이 보였다. 연립 뒤편 콘크리트 담장 너머에 위치한 주인집 너른 정원에서는 여름철 나무들이 오후의 햇살을 받아 눈부시게 빛나고 있었다. 파릇파릇한 잔디밭이 내다보이는 툇마루는 시원해 보이고 그 밑에 집주인의 애견 케차가 누워 있었다.

"야, 케차!"

장난삼아 불러보자 케차는 거만하게 머리만 쳐들었다. 그런데 어디서 불렀는지 몰라 잠시 어리둥절한 눈치더니 '잘못 들었나'라고 하듯 코를 킁 하고는 다시 머리를 탈싹 떨어뜨렸다.

이 사랑스러운 잡종 개는 아무 데나 구멍을 파는 게 일생의 업이다. 구멍을 파지 않을 때는 지금처럼 툇마루 밑에서 늘어져 낮잠을 자거나 제 꼬리를 쫓아 뱅글뱅글 돈다. 그런 느긋한 모습을 볼 때마다 철학자 쇼펜하우어의 '동물은 육체화된 현재다'라는 명언이 떠오르면서, 무익한 다다미 넉 장 반 생활로 인해 시간관념이 용해되어 가는 나는 인간이라기보다 오히려 개에 가깝지 않나 하는 생각이 들어 그때마다 "야, 케차!" 하고 부르고 싶어진다.

사랑하는 이웃 개여!

어제 영화 촬영중 주인집에 몰려든 다수의 학생에 흥분한 케차는 평소보다 더 많이 구멍을 파고, 평소보다 자주 회전하고, 평소보다 자유롭게 탈분했다. 하도 종횡무진으로 뛰어다니는 바람에 우리는 케차를 엑스트라로 인정할 수밖에 없었다. 아카시 군은 "막부 말기에도 개는 있었으니까요"라고 말했다.

한 번 더 "케차!" 하고 불러봤지만 사랑하는 이웃 개는 이제 꿈쩍도 하지 않았다.

공용 베란다에서 복도로 돌아오니 아카시 군은 바른 자세로 소파에 앉아 무릎에 올려놓은 노트북을 노려보고 있었다. 오즈는 복도에서 물바가지에 수돗물을 받아 발을 담그고 황홀한 표정으로 앉아 있었다.

"어이, 누구 마음대로 내 바가지를 쓰냐."

"걱정 마세요."

오즈는 눈을 감은 채 말했다.

"제 발은 갓 태어난 아기처럼 정결하거든요."

울컥해 있는데 아카시 군이 노트북으로 어제 찍은 영상을 보여주었다.

허옇게 칠하고 몸을 비비 꼬는 오즈는 징그럽고, 조가사키 씨의 부루퉁한 표정에서 배역에 대한 불만이 빤히 보였다. 아이지마 씨는 그렇게 인간 내면에 집착해놓고 순전히 발연기인 데다 다른 배우들도 삼류 배우의 망령에 씐 것으로만 보였다.

"이건 너무한데요. 참으로 너무합니다."

오즈는 자기도 연기를 그 따위로 해놓고 낄낄 웃었다.

그러나 히구치 세이타로의 존재감은 상당했다. 대사는 '일본의 어명이로다!' 한마디뿐인데도 장면이 바뀔 때마다 대사의 뉘앙스가 조금씩 달라져 영화에 정체불명의 일관성을 부여했다.

시간 여행자 긴가 스스무의 역사 수정으로 온 우주가 붕괴해 '일본의 여명' 따위 진심으로 아무래도 상관없어질 비극적 결말을 생각하면, 의도적으로 반복되는 히구치 씨의 대사가 아이러니하게도 비장하게 들린다. 히구치 세이타로가 거기까지 계산해 연기할 리는 없고, 만약 아카시 군이 의도한 바라면 무시무시한 수완이다.

내심 감탄하는데 화면에 갓파상이 비쳤다.

"아, 갓파 님이네요."

"어째서 이렇게 울룩불룩한 건지."

"갓파는 스모를 좋아한다는 말이 있잖아요. 그러니까 운동하는 거 아닐까요?"

"늪에서?"

"네, 늪에서. 보디빌딩같이."

"그나저나 정말 조가사키 선배를 닮았군."

영상 속에서 마당을 도망쳐 다니는 이와쿠라 도모미(다시 말해 오즈)가 조가사키 씨를 닮은 갓파상에 달려들고, 거기에 명백히 통제가 되지 않는 신센구미가 몰려들었다. 시끌시끌하게 밀치락달치락하는 사이에 갓파상이 천천히 기울었다. 이 대大해프닝에 집주인이 격노해 촬영을 중단할 수밖에 없었다.

"아, 여기도 공용 베란다가 찍혔는데."

"그러네요. 편집으로 처리할게요."

그때 아카시 군이 얼굴을 화면 가까이 가져가 "어라?" 하고 의아스레 중얼거렸는데, 나는 케차라도 비쳤나 하는 정도로만 생각하고 별로 신경 쓰지 않았다. 그보다 복도를 걸어오는 남자에 정신이 팔려 있었기 때문이다.

"저, 죄송한데요. 시모가모 유스이 장 분이시죠?"

촌티 나는 버섯 머리, 촌티 나는 반소매 셔츠의 밑자락을 촌티 나는 색 바지에 쑤셔 넣고, 비스듬히 멘 가방까지 촌티 난다. 그야말로 촌티의 나라에서 촌티를 전파하기 위해 온 전도사 같은 것이, 철저한 비非패셔너블함에 그저 친근감만이 느껴졌다. 싹수 있는 놈이다.

"혹시 새로 이사 왔어?" 나는 물었다.

"아뇨, 그런 건 아닌데요……."

"그럼 찾는 사람이 있는 거야?"

"아뇨, 그것도 아닌데요."

촌티 군은 난처한 것도 같고 겸연쩍은 것도 같은 표정으로 얼굴을 붉히며 입을 다물었다. 노트북을 보던 아카시 군이 얼굴을 들고 의아한 표정을 지었다.

거북한 침묵을 하늘의 목소리가 깨뜨렸다.

"히구치 군, 210호 히구치 세이타로 군."

집주인의 엄숙한 목소리가 복도에 울려 퍼졌다.

"방에 있다는 거 알아요. 와서 방세를 내요."

촌티 군은 눈을 둥그렇게 뜨고 스피커를 올려다봤다.

"이게 뭔가요!"

"집주인의 안내방송이야."

"안내방송이라고요? 그래, 이게 그 전설적인……."

눈을 반짝이는데 뭘 그렇게 감동하는 건지 모르겠다.

그때 드디어 하늘의 목소리에 응해 210호 문이 열렸다. 어둠 속에서 느릿느릿 모습을 드러낸 것은, '다다미 넉 장 반의 수호신'이라는 말도 '다다미 넉 장 반에 실수로 추락한 덴구'라는 말도 있는 이곳의 최고참 히구치 세이타로였다. 텁수룩한 두발이 거꾸로 든 빗자루처럼 하늘을 찌르고 몸에 두른 유카타는 더없이 후줄근하며 큼직한 턱 끝에서는 땀이 방울방울 떨어졌다.

"여어, 제군. 오늘도 나름대로 덥군."

히구치 씨가 물에 적신 수건으로 몸을 닦으며 말했다.

그때 촌티 군이 경악한 것처럼 "히구치 스승님!" 하고 소리쳤다.

"스승님도 오신 겁니까? 어떻게요?"

히구치 씨는 졸린 눈으로 촌티 군을 돌아봤다.

상대방을 수상하게 여기는 기색도 없었다.

"흘러 흘러 다다랐지."

"흘러 흘러?"

"아무렴, 그렇고말고" 하며 히구치 씨는 고개를 끄덕였다. "하여 자네는 누군가?"

춘티 군은 대답하지 않았다. 얼빠진 금붕어처럼 입을 뻐금거리며 우리를 차례차례 둘러보더니 이윽고 "안녕히 계세요"라고 작은 목소리로 중얼거리고는 돌아섰다. 짜박짜박 발소리를 내며 복도를 달려가 계단을 뛰어 내려갔다. 아카시 군이 "아는 분이세요?" 하고 히구치 씨에게 물었다.

"아니, 처음 본다만."

"스승님 성함을 아는 것 같던데요."

"속세 어딘가에서 인연이 있었으려나. 사람은 쉼 없이 흘러가고 더욱이 원래의 사람도 아니니…… 지금까지 참으로 다양한 사람을 만났으니 말이지."

히구치 씨는 꺼끌꺼끌하게 수염으로 덮인 턱을 문질렀다.

나는 히구치 세이타로라는 인물이 불편했다.

같은 하숙에 사는 이 만년 학생과는 되도록 신경 써서 거리를 두었다. 동물적 직감이 '이 녀석은 위험 인물이다'라고 속삭여서다.

히구치 씨는 손에 든 통장으로 얼굴을 부채질하고 있었다.

이 하숙에서는 매달 집주인에게 방세를 직접 내면 집주인이 통장에 도장을 찍어주는 전근대적 방식을 채용했다. 오랜 세월에 걸친 금전적 공방을 기록한 히구치 씨의 통장은 광에서 발굴해낸 에도 시대 고문서처럼 너덜너덜했다.

"지금부터 방세를 내려 간다. 하지만 돈은 없다."

히구치 씨는 무슨 과학적 사실이라도 서술하듯 담담하게 말했다.

"돈은 없다. 하지만 지금부터 방세를 내려 간다."

어안이 벙벙해서 쳐다보는데 히구치 씨가 "그나저나"라며 화제를 바꾸었다.

"누가 내 비달 사순을 가져갔지?"

"비달 사순?"

우리는 고개를 갸웃했다.

"샴푸 말씀이세요?"

아카시 군이 묻자 히구치 씨는 "그래"라며 고개를 끄덕였다.

"더 늦기 전에 말하도록. 정직하게 고백하면 없던 일로 해주지."

히구치 씨가 애용하는 '비달 사순 베이스 케어 모이스처 컨트롤 샴푸'가 어느새 목욕용품 세트에서 사라지고 없다고 했다. 의외로 머릿결에 신경 쓰는 것은 그렇다 치고 우리 범행이라고 단정하는 듯한 말은 그냥 들어 넘길 수 없었다.

"샴푸 따위 누가 훔친다고."

"무슨 소리, 그게 얼마나 훌륭한 샴푸인데."

히구치 씨는 '이 흐르는 윤기를 보라'라는 듯이 위로 솟은 두발을 가리켰다.

히구치 씨가 비달 사순 씨를 전폭적으로 신뢰한다는 것만은 알 수 있었다.

“보나 마나 이놈 소행입니다.”

누명을 공처럼 뭉쳐 오즈에게 던지자 날렵하게 피했다.

“제가 스승님을 배신할 리 없잖습니까.”

“다들 어제 목욕탕에 가셨죠?” 아카시 군이 말했다. “올 때 샴푸가 있었나요?”

히구치 씨는 “글쎄다”라며 허공을 응시했다.

“그러고 보니 없었던 것도 같군.”

“그럼 목욕탕에 두고 오신 게 아닐까요? 오아시스에 전화해서 물어보세요. 분명히 보관하고 있을 거예요.”

아카시 군이 제시한 흠잡을 데 없는 해결책으로 히구치 씨의 엉터리 추측을 바탕으로 한 무익한 대화는 끝났다.

히구치 씨는 “그럼 방세를 내러 가볼까”라 하고는 천천히 걸음을 뗐다. 곧바로 오즈가 달려가 스승님 곁에 붙었다.

“스승님, 제가 모십죠.”

“가세해주겠느냐?”

“알겠습니다. 보세요, 저보다 충실한 제자는 또 없죠?”

오즈는 히구치 씨의 방세를 대신 내줄 생각인 듯했다.

주인집은 연립 뒤에 위치한다. 그곳에 갈 때는 중앙 현관을 통해 밖으로 나온 다음 돌담을 따라 뒤로 돌아가 주인집 현관으로 향해야 한다. 게다가 방세를 내러 가면 매번 홍차와 양과자를 대접받는 터라 통장에 도장을 받기까지 그런대로 시간이 걸리곤 했다.

다시 말해 히구치 씨와 오즈는 한참 지나야 돌아온다는 뜻이다.

나는 복도 벽에 몸을 기대고 소파에 앉은 아카시 군을 지켜봤다.

문간에 매단 풍경이 공용 베란다에서 불어든 바람에 딸랑딸랑 흔들렸다. 지금까지 불구덩이 같은 다다미 넉 장 반에 있었던 탓도 있어 가미코치에 부는 바람처럼 시원하게 느껴졌다.

"꼭 '여름방학' 같은 느낌 아니에요?"

아카시 군이 얼굴을 들어 눈을 감았다.

"어째 향수가 느껴지는 것 같아요."

듣고 보니 정말 그런 것 같다.

초등학생 시절 아침부터 수영장에 가서 헤엄친 날 오후 같았다. 나른한 햇살을 바라보며 아이스크림을 먹고 나면 기분 좋은 피로감에 졸음이 온다. 텅 비어버린 것도 같고 충족된 것도 같은, 쓸쓸함이 섞인 행복한 기분이 든다. 앞길에는 여름방학이라는 시공이 새하얀 캔버스처럼 펼쳐져 있는 것이다. 초등학생 나름대로 '이런 게 행복인가' 하고 곱씹었다.

그런 회상에 젖어 있으려니 이 휑뎅그렁한 연립이 머나먼 여름날의 풀사이드처럼 느껴졌다.

여름방학의 이른 오후, 아카시 군과 단둘이 있다.

시간이여, 멈춰라. 그렇게 기도하고 싶어지는 것도 당연하리라.

내 그런 은밀한 바람을 알 리 없는 아카시 군은 구부정한 자세로 눈살을 찌푸리며 노트북을 노려보고 있었다. 편집을 어떻게 할지 궁리중일 것이다.

늠름한 옆얼굴을 홀린 듯이 바라보는데 조금 전 고잔오쿠리비를 둘러싸고 오즈와 아카시 군이 주고받은 말이 생각났다. 마음이 술렁거렸다. 지평선 너머에서 불길한 먹구름이 밀려드는 기분이었다.

다가오는 8월 16일, 아카시 군은 오쿠리비를 보러 간다고 한다.

대체 어디서 굴러먹던 개뼈다귀와?

그것은 내게 도저히 간과할 수 없는 중대 문제였다.

여기서 다시 한 번 시곗바늘을 하루 전인 8월 11일로 돌려보자.

영화 촬영이 끝난 뒤 우리는 공중목욕탕 '오아시스'로 갔다.

염천의 더위 속에 주택가로 나선 것이 오후 4시 지나, 기울기 시작한 태양이 발밑에 짙은 그림자를 드리우고 가로수에서는 매미가 울고 있었다.

꼭 기시감 같은 느낌이 들었다.

올여름, 이와 비슷하게 나른한 오후를 대체 몇 번 반복했을까.

하숙에서 가장 가까이 있는 공중목욕탕 오아시스는 시모가모 이즈미가와초에서 미카게 거리로 나가 다카노 강을 동쪽으로 건너면 나오는 주택가에 있다. 목욕탕 마크가 큼직하게 찍힌 포렴에서 주인이 앉은 계산대, 커다란 바구니가 늘어선 탈의실에 이르기까지 그야말로 목욕탕의 이데아라 할 곳이었다.

시모가모 유스이 장에는 십 분에 100엔인 코인 샤워밖에 없는 터라 느긋이 목욕하고 싶은 주민은 미카게 다리를 건너 오아시스에 간다. 이 목욕탕은 이름 그대로, 방황하는 다다미 넉 장 반주의자들의 오아시스였다.

우리는 널따란 탕에 멍하니 몸을 담갔다.

오즈가 둘넷여섯여덟열 하며 괴상망측한 노래를 불렀다.

"막부 말기 연약자 열전, 재미있는 영화가 될 것 같은데요."

"그럴 리 있냐" 하고 조가사키 씨가 으르렁거렸다.

"어라, 조가사키 선배는 무슨 불만이라도 있습니까?"

"당연하지. 난 그런 허접쓰레기 영화는 절대로 인정 못 해."

"아카시 군은 만족한 것 같던데요."

"영화란 사회에 호소하는 바가 있어야 해. 더 진지하게 만들어야 하는 거라고. 도대체가 시나리오부터 황당무계하잖아. 그런 걸 영화로 만들겠다고 생각하는 시점에서 사회를 얕보는 거야. 아카시는 재능을 낭비하고 있어."

"그래 봤자 아마추어 영화잖습니까."

"너 같은 인간 때문에 문화가 쇠퇴하는 거야."

"어쨌거나 내 연기가 훌륭했다는 것은 부정할 수 없지."

히구치 씨가 뜬금없이 자화자찬했다. "일본의 여명이로다!"

"애초에 왜 히구치가 사카모토 료마인 건데."

"제자의 부탁은 거절할 수 없으니 말이다."

"그게 제일 납득이 안 돼." 조가사키 씨가 한숨을 쉬었다. "왜 네가 스승이냐고. 왜 내가 아닌데? 나를 좀 더 존경해야 하는 거 아냐?"

조가사키 씨는 아카시 군이 존경해주지 않는 게 분한 것이다.

내가 영화 동아리 '계'에 들어갔다면 분명 동아리의 보스 조가사키 씨에게 반기를 들었을 것이다. 오즈와 손잡고 허접쓰레기 영화를 양산하다가 아카시 군 같은 재능은 없으니 동아리 내에서 설 자리를 착착 잃어간 끝에 2학년 가을 무렵 오즈와 함께 추방당했을 게 틀림없다. 그런 비참한 말로를 흡사 실제로 경험한 것처럼 생생하게 그릴 수 있었다. 그렇기에 나는 아카시 군에 강하게 공감하지 않을 수 없었다.

아카시 군, 그렇게 계속 스스로가 믿는 길을 내달려라.

사람은 스스로가 믿는 길을 달려야 한다. 타협이나 종속은 무가치하다.

"이 영화는 틀림없는 걸작입니다."

나는 말했다.

조가사키 씨가 울컥해서 입을 닫아버린지라 나도 입을 다물고 욕탕 안을 둘러봤다. 남탕에는 우리 외에 손님이 셋 더 있었다. 타월로 머리를 싼 남자 셋이 나란히 딱 붙어 앉아 샤워중이었다.

이윽고 히구치 씨가 일어나 몸을 씻으러 가고 오즈는 신나서 전기탕으로 갔다. 전기탕은 자극이 워낙 세서 '살인 전기탕'으로 유명하다. 그런 고문에 자진해서 몸을 맡기는 데에서 오즈라는 인간의 어둠이 보이는 듯했다.

그때 여탕에서 육감적인 목소리가 들려왔다.

"히구치, 조가사키."

"어라, 하누키?" 히구치 씨가 대답했다. "네가 웬일이냐."

"가끔은 나도 목욕탕에 가볼까 싶길래."

하누키 씨가 느긋하게 말했다.

"이런 것도 좋네. 우아한데."

나는 멍하니 천장을 올려다봤다.

천창으로 비쳐드는 저물녘 햇빛 속에 김이 뭉게뭉게 휘돌았다.

그때 나는 영화 촬영이 끝난 뒤 홀로 마당에 서서 하늘을 올려다보던 아카시 군의 모습을 떠올렸다. 어쩌면 이렇게 매력적인 사람이 있을까 싶었다.

아카시 군을 처음 만난 것은 올해 2월, 세쓰분 다음 날이었다.

차가운 회색 하늘에서 사락사락 떨어지는 눈과 하얀 눈으로 뒤덮인 다다스 숲의 마장馬場, 빨간 목도리를 두르고 걸어가는 아카시 군 그리고 작은 곰 인형.

그날을 선명하게 기억하고 있다.

지난 반년 나는 대체 뭘 한 걸까. 지금 이 순간에도 사랑의 훼방꾼이 그녀를 호시탐탐 노리고 있을지도 모르는데.

그런 생각을 하다 보니 마음이 급해졌다.

"먼저 가겠습니다. 좀 볼일이 있어서요."

탕에서 나가려는데 오즈가 전기탕에서 움찍움찍 경련하며 "벌써 가시게?"라고 의아한 듯 물었다.

"더 느긋하게 있다 가시지."

밖으로 나오니 8월의 긴 석양이 시작되어 있었다.

"내가 간다, 간다, 간다."

목욕바구니를 또닥또닥 치며 기합을 넣었다.

목적은 단 하나. 아카시 군에게 고잔오쿠리비를 같이 보러 가자고 청하기 위해서다.

요시다 산 근처에 다이몬지를 여유 있게 구경할 수 있는 비밀 장소가 있다. 작년에 산책하다가 발견했는데, 언젠가 마음에 둔 이를 그곳으로 안내할 생각이었다. 이를테면 내 '리썰 웨폰lethal weapon'인데 지금 쓰지 않으면 언제 쓰겠나.

다카노 강에 접어들었을 때 다리 건너 미카게 거리에 호리호리한 사람이 보였다. 나는 흠칫 놀라 멈춰 섰다. 아카시 군이었다. 나를 알아차린 눈치는 없이 시모가모 신사 및 다다스 숲 방향으로 걸어갔다.

촬영이 끝난 뒤 아카시 군이 '헌책 시장'에 간다고 말했던 게 기억났다.

생각해보도록. 헌책 시장 책꽂이에는 고잔오쿠리비에 관한 책이 얼마든지 있을 것이다. 그런 책에 우리가 손을 내미는 것은 지극히 자연스러운 일이거니와 그 일을 계기로 오쿠리비 구경이 화제에 오르는 것 또한 당연한 귀결이다. 그리되면 아카시 군에게 함께 오쿠리비를 보자고 초대하는 게 신사로서 당연한 의무 아닌가.

"그야말로 천재일우의 기회군!"

나는 아카시 군을 뒤쫓아 다다스 숲으로 들어갔다.

다다스 숲에는 한 발 먼저 어스름이 숨어들어와 있었다. 시모가모 신사로 이어지는 긴 참배길에서 옆으로 빠지자 남북으로 긴 마장 양옆으로 하얀 텐트가 무수히 늘어서 있었다. 슬슬 손님의 발길도 뜸해져 종료 예정 시각을 알리는 확성기 안내방송이 울려 퍼지고 있었다. 아카시 군은 그 소리에 쫓기듯 텐트에서 텐트로 위타천 같이 뛰어다녔다.

결론부터 말하자면 나는 그녀에게 말을 걸지 않았다.

첫째, 아카시 군의 걸음이 하도 빨라 자연스레 말을 거는 게 불가능했다. 둘째, 열심히 책을 찾는 그녀를 방해하고 싶지 않았다. 그리고 셋째, 그녀를 뒤쫓아 고서점 텐트 사이를 방황하는 사이에 냉정함을 되찾았기 때문이다.

아카시 군에게 나는 '오즈의 친구' 또는 '히구치 씨의 이웃'에 불과하다. 영화 〈막부 말기 연약자 열전〉과 관련해서 그녀에게 도움이 되려고 노력했다지만, 그 영화는 아카시 군이 만든 막대한 작품들 중 하나일 뿐이다. 나는 내가 기여한 몫을 과대평가하는 게 아닐까. 내가 기대하는 만큼 아카시 군과 거리를 좁히지 못했고 그녀에게 나는 여전히 길가의 돌멩이에 불과한 게 아닐까.

그녀에게 말한다고 치자.

"고잔오쿠리비를 보러 가죠."

그녀는 눈살을 찌푸리며 말할지도 모른다.

"왜 그래야 하는데요?"

냉랭한 목소리를 상상만 해도 겁이 났다.

생각하면 생각할수록 걸음이 느려졌다. 아카시 군과 거리가 점점 벌어져 도무지 따라잡을 성싶지 않았다.

이윽고 나는 완전히 멈춰 서서 멀어져가는 아카시 군을 배웅했다.

"오늘은 여기까지."

그렇게 중얼거리고 발길을 돌렸다.

나도 모르게 카모 강변으로 나왔다.

느릅나무 아래 벤치에 앉아 반짝이는 수면을 바라봤다.

아닌 게 아니라 나는 아카시 군에게 고잔오쿠리비를 보러 가자는 말을 하지 못했다. 하지만 이런 망설임에 대해 '줏대 없는 놈'이니 '사내답지 못하다'느니 '우유부단'이니 그런 얄팍하고 진부한 말로 비판하는 인간만큼 어리석은 존재는 없을 것이다. 아카시 군을 한 인간으로 존중하기에 내 기분을 일방적으로 밀어붙이기를 주저하는 것이며, 이번 전략적 후퇴는 내가 섬세한 인간 심리를 이해하는 젠틀맨이라는 증거다. 망설임은 신사의 소양이다. 설령 객관적으로 보면 일말의 징그러움이 감돈다 해도.

카모 강 둑에서 석양에 붉게 물든 다이몬지 산이 보였다.

"애초에 오쿠리비를 같이 보러 가자고 하는 건 너무 범용凡庸한 방법이 아닌가."

교토에 사는 학생이 마음에 둔 이와 같이 보러 갈 이벤트는 아오이 축제, 기온 축제, 고잔오쿠리비, 구라마의 불 축제 등 얼마든지 있다. 과거에는 마음에 둔 이와 그런 이벤트에 가는 것을 동경하던 시기도 있었다. 그러나 남녀관계란 서로 속도를 맞춰 신중하게 쌓아가야 하는 개인과 개인의 관계다. 연간 관광 이벤트 스케줄에 맞춰 무작정 강행할 일이 아니다.

오늘이 안 되면 내일이 있다.

내일이 안 되면 모레가 있다.

모레가 안 되면 글피가 있다.

시모가모 유스이 장에 돌아가면 에어컨이 있다. 나는 이제 에어컨 딸린 다다미 넉 장 반이라는 훌륭한 환경을 손에 넣은 인간이다. 치밀한 계획, 일찍 자고 일찍 일어나는 바른 생활, 육체 단련, 학문에의 정진. 알찬 하루하루를 거듭해 아카시 군에게 어울리는 남자가 되자. 그러면 자연스레 친밀한 사이가 될 테고, 이윽고 가득 찬 그릇에서 물이 자연히 흘러넘치듯 일어날 일이 일어날 것이다.

광명이 보인 듯했다.

나는 "좋아!" 하고 기합을 넣으며 목욕바구니를 들고 일어섰다.

그렇게 해서 저물녘의 카모 강에서 시모가모 유스이 장으로 돌아온 나를 기다리고 있던 것은 참으로 하잘것없는 사건이었다. 그런데도 그것은 나라는 개인의 운명에 영향을 미치는 데 그치지 않고 이 은하계를 포함한 온 우주적 위기까지 초래했다.

시모가모 유스이 장으로 돌아와 현관으로 들어서니 2층에서 떠들썩한 목소리가 들려왔다.

"그 사람 어디 갔답니까?"

오즈의 새된 목소리가 한층 크게 들렸다.

목욕탕에서 돌아온 뒤로도 다른 사람들과 놀고 있는 모양이다.

계단을 올라가 걸어가니 복도 안쪽에 히구치 씨와 오즈가 얼쩡거리고 있었다. 조가사키 씨와 하누키 씨도 있었다. 다들 공용 베란다를 내다보고 방문을 열고 잡동사니 무더기를 뒤지는 등 뭔가 찾는 듯했다. 묘하게 시원한 바람이 분다 했더니 209호 문이 활짝 열려 있었다. 또 내 에어컨을 멋대로 쓰는 것이다. 노여움을 터뜨리려 했을 때 공용 베란다에서 아카시 군이 나타났다. 내가 카모 강에서 상심을 달래는 동안 헌책 시장에서 돌아온 모양이었다.

"선배!" 나를 본 그녀가 놀라 말했다.

"왜? 무슨 일 있어?"

아카시 군의 목소리를 듣고 그 자리에 모여 있던 히구치 씨와 오즈, 조가사키 씨, 하누키 씨가 모두 나를 돌아봤다. 다들 놀라 "아아" "오오" 하고 탄성을 질렀다. 그들의 시선은 내가 옆구리에 낀 목욕 바구니에 쏠려 있었다. 지금까지 느껴본 적 없는 존경심마저 담긴 시선이었다.

"그래, 그렇단 말이지. 만반의 준비를 갖췄다 이거지."

하누키 씨가 말했다. "이거 반하겠네."

조가사키 씨마저 '사람 다시 봤다'라는 표정이었다. "분위기 띄울 줄 아는군, 너."

나는 일단 조가사키 씨에게서 리모컨을 빼앗아 209호 에어컨을 껐다. "허락도 없이 쓰지 마세요"라고 하며 리모컨을 소형 냉장고 위에 놓았다. 그곳에는 반쯤 남은 콜라 페트병이 있었다.

아카시 군이 걱정스레 말했다.

"선배, 정말로 하시려고요?"

"하다니, 뭘?"

"뭐라뇨…… 그게…… 그러니까……."

"자, 댄스를 보여주시는 겁니다!"

오즈가 내 팔을 잡아 복도 중앙에 세웠다. 다른 사람들은 소파에 앉거나 둥근 의자를 가져와 앉아 기대 어린 눈으로 나를 바라봤다.

나는 목욕바구니를 안은 채 어안이 벙벙해서 그들을 둘러봤다. 제군은 내게 뭘 기대하는 건가?

"댄스라니, 무슨 댄스?"

"왜 이러세요, 아까 말했잖습니까?"

오즈가 히죽거리며 외쳤다. "알몸 댄스 말입니다!"

"알몸 댄스? 내가 왜?"

"허허, 꽤나 빼는군."

히구치 씨가 턱을 쓰다듬으며 말했다.

조가사키 씨가 얼굴을 찌푸렸다.

"어이, 볼썽사납게 질질 끌기냐. 할 거면 사내답게 딱 해치우라고."

"우리가 눈 똑바로 뜨고 봐줄게." 하누키 씨가 말했다.

"아니, 그러니까 무슨 이야기인지 전혀 모르겠다니까요."

어쩔 줄 몰라 하며 아카시 군을 보니 그녀는 히구치 씨 뒤에 숨어 있었다. 수줍음과 체념과 약간의 지적 호기심이 뒤섞인 복잡 미묘한 표정이었다.

"소도구도 벌써 갖고 있잖습니까."

오즈는 내 목욕바구니를 가리켰다.

"그걸, 자요, 요렇게 해서 춤추면 되겠네요."

그는 눈에 보이지 않는 목욕바구니로 아랫도리를 가리며 시범을 보였다.

사악한 웃음을 띠고 춤추는 오즈의 모습을 지금도 선명하게 떠올릴 수 있다. 그야말로 '악의 화신' 그 자체였다. 실제로 오즈의 악마적인 댄스는 내 미래를 망치는 데 그치지 않고 온 우주를 파멸의 위기에 몰아넣는 결과를 가져왔다.

오즈가 오른팔로 냉장고를 치는 바람에 콜라 페트병이 넘어졌다. 검게 거품이 이는 액체가 쏟아져 바닥으로 흘러내렸다.

아카시 군이 "리모컨!" 하고 소리쳤다.

내가 오즈를 밀쳐내고 달려갔을 때는 이미 일이 벌어진 뒤였다.

리모컨은 콜라에 젖어 기능을 완전히 상실하고 말았다.

비극으로 인해 혼백이 빠져나가고 껍데기만 남은 나는, 알몸 댄스를 추라는 영문 모를 요구를 차버리고 209호에 틀어박혔다. 그리고 앞서 밝힌 대로 다른 이들이 돌아간 뒤 히구치 씨의 제안으로 밤을 새워 에어컨의 명복을 빌어주었다.

여기서 시곗바늘을 8월 12일 오후로 되돌리자.

나는 복도 벽에 몸을 기대고 아카시 군의 옆얼굴을 보고 있었다.

아카시 군은 대체 누구와 오쿠리비를 보러 가는 걸까.

창백한 얼굴로 노트북을 노려보는 그녀의 표정은 매우 심각했다. 편집 때문에 고민하는 것이다. 오쿠리비 데이트 상대가 누구냐고 물어볼 분위기가 아니었다.

아카시 군이 노트북에 눈을 고정한 채 말했다.

"선배, 잠깐만요."

무시무시하게 진지한 목소리였다.

나는 머릿속을 들킨 것 같아 움찔했다.

"이 장면 좀 봐주시겠어요? 좀 걸리는 부분이 있어서요."

영화에 관한 의논인가 보다. 나는 안도하며 소파로 다가가 아카시 군 옆에 앉았다. 그리고 노트북 화면을 들여다봤다.

주인집 정원과 갓파상이 보이고, 허옇게 칠한 이와쿠라 도모미(=오즈)와 허접쓰레기 신센구미가 난투를 벌이고 있었다. 액션이 참으로 약동감이 없는 데다가 원경에 연립의 공용 베란다가 찍혔다. 걸리는 것으로 말하자면 여기저기 죄 걸리는 영상인데, 아카시 군은 얼마 동안 말없이 영상을 재생하다가 갑자기 "여기요"라고 날카롭게 말했다.

"어디?"

"여기요, 공용 베란다를 보세요."

아카시 군은 영상을 일시 정지하고 화면을 가리켰다.

연립의 공용 베란다에 호리호리한 인물이 보였다.

"오즈 아니야?"라 말하고 나서 이상하게 생각했다. 그렇다면 앞쪽 마당에서 신센구미와 난투를 벌이는 이는 누군가.

"오즈가 둘이잖아."

"아까 영상을 돌려보다가 발견한 거예요."

아카시 군은 말했다. "혹시 오즈 선배가 쌍둥이인가요?"

"말도 안 돼! 그런 말은 들어본 적도 없는데."

"저희한테 숨기고 있을지도요."

나는 평소 오즈라는 사내가 보이는 팔면육비의 활약에 혀를 내둘렀다. 영화 동아리 '계'의 일원이자 히구치 세이타로의 제자. 그건 이 기괴한 사내의 일면에 불과하다. 그 밖에도 여러 동아리에서 활동하며 종교계 소프트볼 동아리며 수상쩍은 모 학내 조직에서는 중진 대우를 받는 모양이다. 나에게 필적하는 빈약한 육체의 소유자가 어떻게 그런 초인적 활약이 가능한가. '학업을 소홀히 한다'라는 사실만으로는 설명이 되지 않는다. 하지만 오즈 복수複數설을 채용하면 의문은 풀린다.

나는 다시 한번 노트북 화면을 노려봤다.

화면 속 오즈는 연립 공용 베란다에서 몸을 내민 채 홀로 만면에 웃음을 짓고 있었다. 당장이라도 악마의 웃음소리가 들려올 것 같다. 사악한 웃음을 바라보다 보니 상상 속에서 오즈가 하나에서 둘로, 둘에서 넷으로, 넷에서 여덟로 마치 잡균처럼 증식했다. 흡사 지구를 침략하는 안색 나쁜 에일리언 같다.

아카시 군과 나는 마주 보았다.

"어떻게 된 거지?"

"둘이 참 사이도 좋으셔!"

얼굴을 들자 하누키 씨와 조가사키 씨가 복도를 걸어오는 게 보였다.

아카시 군은 얼른 영상을 띄웠던 창을 닫고 내게 눈짓했다. 오즈의 가공할 비밀은 당분간 가슴속에 담아두자는 뜻일 것이다.

조가사키 씨가 "여" 하고 짤막하게 인사했다.

"오늘도 덥네." 하누키 씨가 말했다. "히구치 있어?"

"오즈하고 같이 주인집에 갔습니다."

나는 일어서며 말했다. "올 때가 되긴 했는데요."

"오랜만에 셋이 밥이라도 먹으러 갈까 해서. 어제는 히구치가 에어컨의 명복을 빌어준다느니 뭐니 해서 못 갔잖아. 괜찮으면 너희도 같이 가자."

하누키 씨는 아카시 군 옆에 앉았다.

"그래서 어떻게 됐어, 에어컨은?"

"여전히 안 움직입니다." 나는 말했다.

"안됐네. 아직 여름 가려면 멀었는데."

앞에서도 언급했듯 하누키 씨는 치과 의원에서 일하는 치과 위생사이며 조가사키 씨, 히구치 씨의 친구다. 참고로 그들이 어떻게 처음 만났는지는 아무도 모른다.

"영화는 완성되겠어?"

아카시 군은 "네, 덕분에요"라며 노트북을 쓰다듬었다.

"기대할게. 히구치는 사카모토 료마지?"

"그 녀석, 계속 똑같은 대사밖에 안 하더라."

조가사키 씨가 불평했다. "하여간 너무한다니까."

"이 사람 의견은 신경 쓰지 않아도 돼. 재능이 없으니까."

그때 조가사키 씨 뒤에서 잡동사니가 무너지는 소리가 났다. 복도에 쌓인 잡동사니는 늘 위태로운 균형을 유지하고 있는 터라 사소한 충격으로도 붕괴한다.

하누키 씨가 돌아봤다.

"조가사키, 너 뭐 하는 거야?"

"난 아무 짓 안 했다."

"이상한 데 건드렸지?"

"이 연립은 대체 어떻게 된 거냐. 사방에 쓰레기가 널렸잖냐."

조가사키 씨는 투덜대면서도 순순히 잡동사니를 정리하기 시작했다. 하누키 씨와 함께 있을 때는 폭군 같은 태도가 완화되는 모양이다. 하누키 씨는 "아하하" 하고 웃은 다음 우리를 돌아보며 "나도 촬영을 견학했으면 좋았을 텐데"라고 아쉽다는 듯 말했다.

나는 그 말을 듣고 고개를 갸웃했다.

"하누키 씨, 어제 촬영 현장에 계시지 않았습니까?"

"내가 어떻게 있어? 저녁까지 직장에 있었는데, 너희 같은 인종이

랑은 달리 나는 근면히 노동하는 사람인걸."

"하지만 목욕탕엔 오셨잖아요."

하누키 씨는 의아한 표정으로 "목욕탕?" 하고 되물었다.

"여탕에서 부르셨잖습니까."

"잠깐, 무슨 소리야?"

"이상하군요. 조가사키 씨도 들으셨죠?"

내가 말하자 조가사키 씨는 잡동사니 너머에서 성가시다는 듯 대답했다.

"그래, 들었어. 하누키 목소리였어."

하누키 씨는 "둘 다 더위 때문에 머리가 어떻게 된 거 아냐?"라고 말했다.

"어제는 그냥 퇴근길에 여기 들르기만 했는데. 그랬더니 알몸 댄스 이야기가 나오고 오즈가 리모컨에 콜라를 쏟아서 금세 끝났잖아. 얘들 대체 뭐래, 알 수 없는 녀석들이네 싶었다고."

어째 대화가 서로 어긋났다.

그러다 어제저녁 헌책 시장에서 돌아왔을 때가 생각났다. 복도에 다들 모여 있다가 어찌된 영문인지 내게 알몸 댄스를 요구했다. 콜라 사건으로 흐지부지됐지만 그때도 오싹할 정도로 대화가 어긋났다.

"하긴 여름이니까. 다들 머리가 어떻게 될 만도 하지, 뭐." 하누키 씨가 하품을 하더니 말했다.

"그런데 조가사키는 아까부터 뭐 하는 거야?"

조가사키 씨를 돌아보니 복도 저편에 쭈그리고 앉아 있었다.

그쪽으로 다가가보자 괴상망측한 물건이 보였다. 간장에 조린 것처럼 거뭇하게 윤기가 흐르는 낡은 다다미 한 장이 복도에 덜렁 놓여 있었다. 그것도 그냥 다다미가 아니다. 연립의 다다미를 한 장 들어내 개조한 듯, 빨간 일인용 좌식 의자가 한복판에 고정되어 있고 그 앞에 레버와 스위치가 붙은 조작 패널까지 있었다.

"야, 이게 뭘까?"

우리는 조가사키 씨 주위에 모여들었다.

"그러게, 뭘까." 하누키 씨가 팔짱을 끼며 말했다.

"저기 벽에 기대어놨던데."

"탈것 같은데요" 나는 말했다. "그런데 바퀴가 없군요."

"스승님이 어디서 주워오셨을까요?" 아카시 군이 말했다.

"아니, 잠깐. 아아, 그래. 이게 이렇게 되는 거군."

조가사키 씨는 커다란 전기스탠드 같은 것을 일으켰다.

그 순간 '이거 어디서 본 적이 있는데' 하는 생각이 들었다.

나뿐 아니라 그 자리에 있던 모든 사람이 모 국민적 명작 만화를 떠올렸을 것이다. 파랗고 동글동글한 고양이형 로봇이 이것과 아주 비슷하게 생긴 도구를 타고 먼 미래에서 찾아왔다. 그렇지만 하도 뻔한 발상이라 지적하기 망설여졌다. 다들 얼마 동안 말없이 바라보기만 한 것도 당연했다.

이윽고 아카시 군이 나지막이 말했다.

"혹시 타임머신?"

부끄러워하듯 작은 목소리였다.

공용 베란다의 풍경이 딸랑 하고 울었다. 여름이었다.

우리는 '타임머신'을 둘러싸고 한바탕 배를 잡고 웃었다.

실제로 아주 잘 만든 타임머신이었다. 조작 패널에는 연수와 일수를 설정하는 곳이 있어 다이얼을 돌리면 숫자가 변경됐다. 플러스와 마이너스 스위치가 미래와 과거에 해당되는 모양이다. 다시 말해 십 년 후 미래로 가려면 플러스 10, 십 년 전 과거로 가려면 마이너스 10을 설정하는 것 같다.

"누가 만든 거지?"

"어지간히 한가하고 기술력이 있는 인간이겠지."

그런 말을 주고받는데 주인집으로 갔던 히구치 씨와 오즈가 돌아왔다.

"여, 제군. 아주 즐거워 보이는데."

히구치 씨는 그렇게 말하고는 조가사키 씨에게 손을 내밀었다.

"어이, 조가사키. 내 비달 사순 내놔."

아까 목욕탕 오아시스에 전화해봤는데 두고 간 샴푸는 없다고 한 모양이다. 오즈도 나도 훔치지 않았다면 조가사키 씨가 범인이 틀림없다는 게 히구치 세이타로의 추리였다. 통나무를 마구 휘두르는 것처럼 대담한 추리다.

"내가 네 샴푸 같은 거 알 게 뭐냐!"

"더 늦기 전에 사과하라고, 조가사키."

거기에 하누키 씨가 끼어들었다.

"그런 건 아무래도 상관없어. 이 타임머신, 히구치 거야?"

히구치 씨는 복도에 놓인 물체를 흥미롭게 내려다봤다.

"몰라. 내 건 아닌데."

"그럼 오즈가 장난친 거냐?"

조가사키 씨의 말에 오즈는 "설마요"라며 고개를 흔들었다.

"장난을 칠 거면 더 악랄하게 쳐야죠."

연립 복도에 그럴싸하게 만든 타임머신을 놓아둔들 누가 불행해지는 것도 아니다. 오히려 훈훈한 웃음을 유발할 뿐이다. 타인의 불행을 양식 삼아 살아간다는 오즈치고는 사악함이 부족하다.

나는 조작 패널을 가까이에서 들여다봤다. 연수는 마이너스 25, 일수는 0으로 설정되어 있었다. 시험 삼아 다이얼을 돌려 연수를 0, 일수를 마이너스 1로 바꿔봤다. 이렇게 하면 어제로 갈 수 있는 셈이다. 시각은 지정할 수 없는 듯했다.

갑자기 히구치 씨가 몸가짐을 갖추고 오즈에게 명했다.

"오즈여, 떠나거라. 시공 저편으로!"

"분부대로 거행하겠습니다!"

오즈는 나를 밀어내고 타임머신에 올라탔다. 그래 봤자 음침한 요괴처럼 빨간 좌석에 웅크리고 앉은 것뿐이다. 하누키 씨와 아카시 군, 나는 즉각 타임머신에서 한 발짝 물러나 오즈에게 경례를 붙였다.

오즈는 레버를 잡으며 우리를 둘러봤다.

"스승님 그리고 여러분. 오랜 세월 신세 많았습니다. 불초 오즈, 시공을 건너더라도 이 은혜는 결코 잊지 않겠습니다."

"그래. 건승을 빈다."

히구치 씨가 엄숙하게 고개를 끄덕였다.

오즈는 과장된 포즈로 레버를 당겼다.

"그럼 모두 안녕히!"

다음 순간, 눈앞에서 오즈가 물렁하게 일그러졌다. 아니, 오즈를 포함한 공간 자체가 일그러졌다 해야 할 것이다. 이어서 눈부신 섬광이 복도를 메우고 강렬한 회오리바람이 불어닥쳤다. 나는 나도 모르게 머리를 끌어안았다. 영문도 모른 채 이리 떠밀리고 저리 떠밀리다 보니 이윽고 바람이 뚝 그치고 주위가 고요해졌다. 섬뜩한 정적 속에 풍경 소리만 계속 딸랑딸랑 들렸다.

조심조심 눈을 떠보니 오즈는 타임머신과 함께 사라지고 없었다.

"세상에, 방금 그거 뭐야?" 하누키 씨가 말했다.

우리는 서로 마주 봤다. 모두 아연한 표정이었다.

공용 베란다, 잡동사니 무더기 뒤, 창고, 히구치 씨 방과 내 방, 1층으로 이어지는 계단과 변소까지 찾아봤는데 오즈는 어디에도 없었다. 애초에 그렇게 짧은 시간 안에 타임머신까지 챙겨 숨을 수 있을 리 없다.

"혹시 진짜였을지도요……."

아카시 군이 중얼거리자 조가사키 씨는 고개를 흔들었다.

"그럴 리 있냐."

"그럼 녀석은 어디로 사라졌다는 겁니까?"

나는 말했다. "숨을 곳이 아무 데도 없는데요."

"뭔가 속임수를 쓴 거야. 보나 마나 오즈가 꾀를 쓴 거라고."

히구치 씨와 하누키 씨는 나란히 소파에 앉아 있었다. 그들은 이미 사고하기를 멈추고 '될 대로 되겠지'라는 의견인 듯했다. 실제로 그게 옳은 태도였다.

얼마 지나자 조금 전과 똑같이 섬광이 복도를 메우고 회오리바람과 함께 타임머신과 오즈가 나타났다.

오즈는 "이거야 원"이라며 우리를 둘러봤다.

"여러분, 큰일 났습니다."

"어디 갔었던 거냐."

내가 묻자 오즈는 아무렇지도 않게 "어제요"라고 대답했다.

"레버를 당긴 순간 주위 풍경이 물렁하게 일그러졌거든요. 정신을 차리고 보니까 복도가 텅 비었고 여러분이 보이지 않더란 말이죠. 무슨 영문인지 몰라서 공용 베란다에 나가봤더니 주인집 마당에서 떠들썩한 말소리가 들리더군요. 난간으로 엿보니까 한창 영화 촬영중인 겁니다. 〈막부 말기 연약자 열전〉을 말이에요. 엄청난 일이 벌어졌다 싶어서 얼마 동안 구경했는데, 일단 보고하러 가는 게 나을 것 같아서 이렇게 돌아온 겁니다. 나 원 참, 이거 대단한 도구인데요."

"이게 진짜, 작작 좀 해라."

조가사키 씨가 화낼 만도 했다. 황당무계한 것도 정도가 있다.

그때 아카시 군이 앗 하고 소리쳤다.

"선배, 그 영상요!"

"영상?"

"오즈 선배 복수설複數說 말이에요!"

순식간에 아까 본 섬뜩한 영상이 뇌리에 되살아났다.

아카시 군이 바닥에 주저앉아 노트북을 펴고 우리는 화면을 들여다봤다.

갓파상을 끌어안는 이와쿠라 도모미, 거기에 몰려드는 허접쓰레기 신센구미. 그리고 배경에 잡힌 연립 공용 베란다에 보이는 또 한 명의 오즈.

"아, 이게 접니다. 화면 앞쪽에서 날뛰는 이와쿠라 도모미는 어제 저, 공용 베란다에서 구경하는 게 오늘 저. 봐요, 제 말이 맞죠?"

"그럼 어제 오즈가 둘 있었다는 말이야?" 하누키 씨가 물었다.

아카시 군이 "그 말은 그럼"이라 중얼거리고, 우리는 타임머신을 응시했다. 한여름의 하숙에 갑자기 출현한 경천동지의 신발명. 모두 숨을 멈춘 채 응시하고 있으려니 소파에서 천천히 일어나 앉은 히구치 세이타로가 엄숙한 목소리로 말했다.

"다시 말해 진짜 타임머신이라는 뜻이군."

⁂

영국의 대작가 H. G. 웰스가 소설 《타임머신》을 발표한 이래 백 년 남짓, 무수히 많은 이가 '시간을 여행하는 기계'라는 아이디어를 거듭해서 이야기해왔다.

우리는 어찌하여 타임머신에 매료되는가.

그건 우리 인류에게 시간이 가장 근원적인 수수께끼요, 누구도 피할 수 없는 보편적 제약이기 때문이다. 누구에게나 하루는 이십사 시간이거니와 아무리 발버둥을 쳐도 모래시계의 모래는 쉼 없이 떨어지고 지나버린 여름은 두 번 다시 돌아오지 않는다. 그렇기에 우리는 '시간을 여행하는 기계'를 거듭해서 꿈꾸어왔다. 시간을 초월하는 것. 그건 인류의 근본적 조건에 대한 반역이요, 신과 맞먹는 힘이요, 궁극의 자유다.

그런 굉장한 물건이 어찌하여 이런 곳에.

하누키 씨가 휙 하고 휘파람을 불었다.

"그럼 오즈는 시간 여행자네?"

시간 여행자 오즈에 따르면 시간 이동은 순식간에 이루어지는 모양이다. 레버를 당기고 눈을 감았다가 다시 떴을 때는 이미 '어제'였다고 한다.

아카시 군은 타임머신에 올라타 조작 패널을 살펴봤다.

"오즈 선배, 어제 몇 시에 도착하신 거예요?"

"내가 갓파 님 상을 쓰러뜨리기 직전이었으니까……."

현재 오후 2시 반. 어제 갓파상이 쓰러진 것도 비슷한 시각이다.

"그럼 지금하고 같은 시각으로 가는 걸까요?"

아카시 군이 중얼거렸다. "아닌 게 아니라 시각 설정 다이얼은 없고 말이죠."

나는 아카시 군 옆에 쭈그리고 앉아 타임머신 조작 패널을 봤다. 연수는 최대 '구십구 년'까지 조작할 수 있었다. 한 번 조작으로는 다이쇼 시대까지 가는 게 한도이지만, 도착한 곳에서 같은 조작을 반복하면 징검다리를 건너가듯 얼마든지 과거로 거슬러 올라갈 수 있을 것이다. 미래도 마찬가지다. 아카시 군을 돌아보니 눈이 흥분으로 반짝이고 있었다.

"아까 그 사람이 만들었을까요?"

"아까 그 사람이라니?"

"왜요, 그 촌스러운."

나는 아까 만난 촌티 군의 모습을 떠올렸다.

아무리 호의적으로 봐도 대학 데뷔에 착실하게 실패하는 중인 사랑스러운 1학년인 것 같았다. 하지만 능력 있는 매는 발톱을 감춘다고 한다. 그의 비패셔너블한 촌티는 타의 추종을 불허하는 천재가 세상의 이목을 피하기 위해 가장한 모습일지도 모른다.

그때 복도 끝에서 발소리가 다가왔다.

타임머신 주인이 등장했나 했더니 "이런이런, 다들 계시는군요" 하는 새된 목소리가 들렸다. 영화 동아리 '계'에서 조가사키 씨의 오른팔이자 영화 〈막부 말기 연약자 열전〉에서 주인공 긴가 스스무를 연기한 아이지마 씨였다.

"조가사키 씨, 무슨 모임인데요?"

"아니, 모임은 아닌데. 너야말로 무슨 일이야?"

조가사키 씨가 의아스레 물었다.

"어제 저기 있는 친구하고 약속한 게 있어서요."

아이지마 씨는 나를 가리켰다.

"안경 찾았어?"

"안경이라뇨?"

"안경 말이야, 내 안경."

하지만 아이지마 씨는 이미 안경을 쓰고 있었다. 내가 그 점을 지적하자 그는 "어제 설명했잖아"라고 넌더리를 내듯 말했다.

"이건 연기할 때 쓰는 안경이라고. 평소에 쓰는 안경은 따로 있는데 어제 여기서 잃어버렸어. 네가 찾아놓겠다고 약속했잖아?"

또 대화가 어긋난다. 방금 전에도 비슷한 느낌을 받았는데.

"하여간 믿을 수 없는 녀석이군."

투덜거리던 아이지마 씨는 복도에 놓은 타임머신을 보더니 "앗!" 하고 소리치며 숨을 들이마셨다. "이거야, 이거!"

"아이지마 선배, 이거 아세요?"

아카시 군이 묻자 그는 타임머신을 향해 달려갔다.

"어제 여기서 봤거든. 환각을 봤나 했는데 역시 여기에 있었네. 이거 타임머신이지?"

"네, 타임머신이에요."

"진짜 잘 만들었네. 누가 만든 거야?"

아이지마 씨는 타임머신을 영화 대도구로 생각하는 듯했다. 그게 아니라 진짜 타임머신이라고 아카시 군이 설명하자 그는 순간 어리둥절해하다가 "이거 혹시 몰래카메라 같은 거야?"라고 말했다.

"아뇨, 그게 아니라 진짜 타임머신이에요."

"난 그런 거 싫은데. 다 같이 짜고 누굴 속이는 건."

우리는 조금 전 오즈가 다녀온 시간 여행에 관해 이야기하고 그것을 증명할 영상도 보여주었다. 하지만 아이지마 씨는 안경 쓴 눈을 가늘게 뜨고 냉소를 지을 뿐이었다. 그럴 만도 하다. 시간 여행을 체험한 이는 세상에서 가장 신뢰할 수 없는 오즈라는 사내인 데다, 영상은 얼마든지 가공할 수 있다.

"타임머신을 한 번 더 써보면 어떨까요." 아카시 군이 말했다.

"그럼 아이지마 선배도 믿어주시겠죠?"

"뭐, 내 눈으로 직접 보면 생각을 바꿔줄 수도 있지."

아이지마 씨는 변함없이 냉소적인 태도였다.

&

"자, 제군. 언제로 가지?"

히구치 세이타로가 말했다.

아카시 군이 맨 먼저 손을 들었다.

"미래를 보러 가죠. 가령 십 년 뒤라든지."

아직 경험하지 못한 미래를 누구보다도 먼저 목격하는 것이야말로 타임머신의 묘미라 할 것이다. 하지만 여기에는 중대한 문제가 하나 있었다. 십 년 뒤 세계를 보러 갔더니 바람직한 미래가 기다린다는 보장은 없다.

하누키 씨가 나지막이 말했다.

"자기가 죽고 없거나 그러면 힘들겠지."

그런 미래를 알아버리면 당연히 미래에 대한 의욕을 잃을 것이다. 학업에 몰두할 수 없게 돼서 유급, 그리고 퇴학. 시시각각 다가오는 타임 리미트의 공포로부터 도망치기 위해 방에 틀어박혀 폭음 폭식을 거듭해 불규칙한 생활과 정신적 스트레스로 건강을 망친 결과, 십 년 뒤 정말로 죽었다 하는 일도 있을 수 있다.

"미래는 안 돼, 아카시."

"그러네요."

"결말이 보이는 인생은 시시하니까."

히구치 씨가 말했다. "미래는 자기 손으로 개척해야 하는 법."

제2안은 오즈가 제안한 '쥐라기에 가서 공룡과 논다'였는데, 쥐라기는 약 일억 오천만 년 전이다. 하지만 우리 타임머신은 한 번에 구십구 년만 거슬러 올라갈 수 있다. 쥐라기에 다다르려면 백오십만 번 같은 조작을 반복해야 하니 이십사 시간 체제로 타임머신을 작동해도 쥐라기에 이르기 한참 전에 전멸할 것이다.

제3안은 내가 제안한 '이 년 전 봄'이었다. 1학년 시절의 나를 은밀히 도와 장밋빛 캠퍼스 라이프로 인도하기 위해서였다. 가장 우선해야 할 일은 오즈와의 만남을 저지하는 것이다. 그러나 약빠르게 내 의도를 간파한 오즈가 "그럴 거면 저도 같이 가서 당시의 당신을 한층 글러먹은 인간으로 만들어놓을 겁니다"라고 했다. 오즈와 나의 시공을 초월한 싸움은 만장일치로 기각됐다.

타임머신의 목적지를 정하기는 의외로 어려웠다.

"그럼 무난하게 에도 시대는 어때?"

하누키 씨가 말했다. "무사 보고 싶지 않아?"

"나쁘지 않겠는데요. 두 번 점프하면 갈 수 있고." 나는 말했다.

"그럼 제군, 아예 '막부 말기'에 가면 어떻겠나." 히구치 씨가 말했다.

매우 훌륭한 아이디어였다. 막부 말기의 교토로 말하자면 진짜 사카모토 료마와 사이고 다카모리, 신센구미가 골목을 어슬렁거리던 시대요, 바로 영화 〈막부 말기 연약자 열전〉의 세계다. 촬영 장비를 가져가면 막부 말기 교토를 마음껏 찍을 수 있거니와 돈을 얼마만큼 들여도 찍을 수 없는 영상을 얼마든지 얻을 수 있다. 아카시 군은 "가서 장비 가져와도 돼요?"라며 눈을 반짝였다. 그러자 조가사키 씨가 찬물을 끼얹었다.

"너희는 위기감이란 게 없냐?"

"뭐니, 조가사키. 어차피 넌 안 갈 거잖아."

하누키 씨 말에 조가사키 씨는 "그런 데를 왜 가?"라고 내뱉듯 말했다.

"백 보 양보해서 타임머신이 진짜라 치자. 그렇다고 그게 이상 없이 작동한다는 보장이 있냐. 갔는데 고장 나면 어쩔 거지? 계속 막부 말기에 살아?"

"그땐 그때대로 어떻게 되겠지."

히구치 씨는 태연하게 말했다. "어떤 시대가 됐건 인간은 살아갈 수 있는 법."

아닌 게 아니라 히구치 씨처럼 덴구 같은 인물이라면 신센구미나 번藩을 이탈한 무사들을 현혹하며 막부 말기의 동란을 살아갈 수 있을지도 모른다. 하지만 우리 같이 생활력 부실한 '요즘 애들'이 과연 살아남을 수 있을까. 히구치 씨를 제외한 다른 이들이 서로 마주 봤다. "역시 그만둘까?" 하고 하누키 씨가 소곤거렸다.

얼마 동안 침묵이 흐른 뒤 아카시 군이 말했다.

"먼저 가까운 곳으로 시험해보죠?"

"일단 '어제'가 좋겠어." 나는 말했다.

"그러게요. 만일의 경우엔 자력으로 돌아올 수 있고요."

스케일이 꽤 작아졌지만 천 리 길도 한 걸음부터다.

현재 시각은 오후 2시 반이 넘었다. 어제로 따지면 아직 주인집에서 촬영을 하고 있을 때다. 우리가 촬영을 마치고 돌아온 것은 오후 3시 반경이었으니 그때까지 연립에 아무도 없을 터다. 우리가 목욕탕 오아시스로 나간 게 오후 4시 넘어, 그리고 내가 헌책 시장에서 전략적 후퇴를 하고 연립으로 돌아온 게 오후 6시 넘어. 그 뒤 콜라 사건이 발생해…….

문득 마치 하늘의 계시처럼 아이디어가 떠올랐다.

"야, 굉장한 게 생각났다!"

어제 이맘때 에어컨 리모컨은 멀쩡했다. 그렇다면 타임머신을 타고 어제로 가 고장 나기 전의 리모컨을 가져오면 209호 에어컨을 다시 켤 수 있지 않을까. 타임머신 활용법으로 이보다 더 유용한 게 있겠나.

"글쿤." 히구치 씨가 감탄했다. "그 생각은 못 했는걸."

"타임머신을 쓸 줄 아시네요. 역시 대단한 발상인데요, 선배." 아카시 군이 말했다.

문제는 누가 가느냐 하는 것이었다.

시험 삼아 전원이 올라타봤는데, 무슨 중국 기예단처럼 곡예 같은 자세를 유지할 필요가 있어 자칫하면 타임슬립 중에 떨어질 위험이 있었다. 일단 세 명을 '어제'로 보내기로 하고 가위바위보로 멤버를 정했다.

그 결과, 제1차 탐험대는 히구치 씨, 하누키 씨, 오즈 이렇게 세 명으로 정해졌다.

아카시 군은 "에이씨"라고 중얼거리며 풀이 죽어 자신이 낸 가위를 응시했다. "전 가위바위보에 재능이 없어요."

"야, 오즈. 넌 한 번 갔다 왔으니까 아카시 군한테 양보해라."

"싫습니다. 전 세상에 하나뿐인 시간 여행자, 말하자면 이 머신의 파일럿이라고요. 없어서는 안 될 인재라고 할 수 있죠."

하누키 씨가 "잠깐 구경만 하고 올 거야" 하고 아카시 군을 위로했다.

"괜찮아요. 여러분, 봉 브와야주Bon voyage예요!"

이렇게 해서 제1차 탐험대(히구치 씨, 하누키 씨, 오즈)가 타임머신에 탑승했다.

오즈는 조종석에 앉아 날짜를 설정하고 우리를 둘러봤다.

"그럼 여러분, 다녀오겠습니다."

"리모컨을 확보하는 대로 되도록 빨리 귀환해라."

나는 재차 다짐을 두었다. "삼십 분쯤 있으면 어제의 우리가 돌아올 테니까."

"지금까지 당신께 폐 많이 끼쳤죠. 아닌 게 아니라 이번 에어컨 일은 통탄할 실수였습니다. 하지만 이제 우리에게는 타임머신이 있습니다. 목숨과 맞바꿔서라도 반드시 리모컨을 입수해 돌아오겠습니다. 그때까지 부디 무강하시길."

"됐으니까 얼른 가기나 해."

오즈가 "그럼"이라며 레버를 당기자 섬광에 이어 회오리바람이 불어닥쳤다. 그들을 태운 타임머신은 사라지고 우리만 남았다.

풍경만이 딸랑딸랑 계속 울었다.

이렇게 해서 세 사람은 '어제'로 떠났다. 그런데 그들을 떠나보낸 순간 가슴속에 뭐라 말할 수 없는 불안이 싹트기 시작했다.

정말 저 세 사람을 보내기를 잘한 걸까?

히구치 세이타로와 하누키 씨, 오즈. 지금 생각하면 정말 최악의 선택이었다.

풍경 소리가 그치고 주위가 쥐 죽은 듯 고요해졌다.

세 사람이 타임머신과 함께 사라지고 나니 그곳은 익숙한 다다미 넉 장 반 연립이었다. 이른 오후의 찌는 듯한 더위가 단숨에 돌아온 것처럼 느껴졌다.

아이지마 씨가 "조가사키 씨" 하고 떨리는 목소리로 말했다. "뭐가 어떻게 된 겁니까?"

"아무래도 저 타임머신이 진짜인가 보다."

"SF 영화도 아니고 설마 그럴 리는……."

휘청거리는 아이지마 씨를 아카시 군이 "아이지마 선배" 하고 불렀다.

"거기 서 계시면 타임머신이 돌아왔을 때 위험할 것 같은데요."

아이지마 씨는 "힉" 하고 비명을 지르며 뒤로 펄쩍 물러났다.

우리는 타임머신의 귀환 예상 지점을 먼발치에서 지켜봤다. 호러 영화처럼 오즈와 융합해 요괴 오즈 인간이 되는 것은 사절이다.

참으로 기이한 감각이었다. 히구치 씨와 하누키 씨, 오즈는 '오늘'이라는 세계에서 사라져 '어제' 세계에 있는 것이다. 어제 이 시간에 히구치 씨도, 하누키 씨도, 오즈도 각각 두 명씩 존재한 셈이다.

아카시 군이 "어째 기분이 이상하네요"라고 중얼거렸다.

"오늘 타임머신을 썼기 때문에 세 분은 어제에 있는 거죠. 하지만 우리가 타임머신을 발견하기 전부터 어제 시점에서 세 분이 이미 와 있었다는 거잖아요?"

"석연치 않네."

"석연치 않죠."

"애초에 타임머신이라니 그게 뭐냐고."

아이지마 씨가 말했다. "왜 그런 게 여기 있는데?"

"저희라고 알겠습니까." 나는 말했다.

"몰라? 모른다고?" 아이지마 씨가 괴상한 소리를 질렀다. "그런데 아무렇지도 않게 그걸 타고 다닌단 말이야?"

"그러니까 아까부터 그렇다고 했잖아."

조가사키 씨는 넌더리를 내듯 말했다.

그때였다.

"저, 죄송한데요."

복도 저편에서 누가 조심스레 말했다.

우리가 입을 다물고 일제히 돌아보자 상대방은 다소 주춤한 듯했다. 버섯처럼 매끈한 머리모양, 하얀 반소매 셔츠 자락을 반듯하게 바지 속에 넣은 고지식한 복장. 아까도 나타났던 촌티 군이었다.

그러자 아이지마 씨가 친근하게 불렀다.

"저런, 아직 이쪽에 있었군."

"아는 분이세요?"

아카시 군이 놀라 묻자 아이지마 씨가 되레 뜻밖이라는 표정을 지었다.

"어제 여기서 만났을 때 소개해줬잖아?"

"네?"

"오즈 사촌이라며?"

말할 것도 없이 우리는 경악했다.

오즈에게 그런 이야기는 한 번도 듣지 못했는데.

"여름방학을 이용해서 대학을 견학하러 왔다고 했지?"

아이지마 씨가 말하자 촌티 군은 섬뜩해하듯 뒷걸음쳤다.

"아닌데요."

"뭐?"

"아니라고요."

"이봐, 그건 너무하잖아. 어제 그렇게 많이 이야기해놓고."

"전 당신을 만난 적이 없는데요. 게다가 오즈란 사람의 사촌도 아니고요."

그러더니 촌티 군은 그냥 들어 넘길 수 없는 한마디를 덧붙였다.

"애초에 시대가 다른걸요."

시대가 다르다. 그 말이 의미하는 바는 명백했다.

아카시 군이 아이지마 씨를 밀어내고 "무슨 뜻이죠?"라고 묻자 촌티 군은 의미심장한 웃음을 지었다. "여러분, 지금부터 제가 할 말을 듣고 놀라지 마세요."

그러더니 촌티 군은 입을 다물었다. "어라?" 하고 의아스레 중얼거리더니 복도에 쌓인 잡동사니 무더기로 달려갔다. "죄송한데요, 여기 이상한 기계가 있지 않았나요? 다다미 한 장쯤 되는 넓이에 레버랑 패널이 있는 건데요……."

"타임머신 말이야?"

내가 묻자 그는 눈을 둥그렇게 떴다.

"아세요?"

"안다고 할지……."

촌티 군은 기쁜 듯이 빙글빙글 웃었다.

"실은 제가요, 그걸 타고 왔거든요. 딱 이십오 년 뒤 미래에서!"

촌티 군은 예의 바르게 "다무라라고 합니다"라 자기소개를 했다.

표정이나 행동거지가 풋풋한 것도 당연했다. 다무라는 대학 1학년이었다. 단 이십오 년 뒤 1학년이다. 게다가 그는 여기 시모가모 유스이 장에, 그것도 나와 똑같은 209호에 산다고 했다. 지금도 폐허라고 착각하는 사람이 있는 연립이 사반세기 뒤에도 존속하고 있다니 기쁜 반면 믿기 어려운 일이었다.

"네가 사는 시대엔 타임머신이 흔해?"

내가 묻자 다무라는 의기양양하게 가슴을 폈다.

"아뇨, 저희가 직접 만든 거예요."

"직접?"

"네. 시모가모 유스이 장 사람들이."

지금으로부터 이십오 년 뒤 5월.

집주인(여전히 건재)이 하숙생을 소집해 시모가모 유스이 장 2층에 있는 창고 대청소를 시켰다. 작업이 종료된 뒤 아르바이트비로 받은 캔맥주로 뒤풀이를 하던 중, 자연과학부 대학원생이 타임머신의 실현 가능성에 대해 이야기를 시작했다.

기발한 이론만 주장하는 탓에 연구실에서 추방되다시피 한 대학원생은 '타임머신을 제작할 수 있다'라고 했다. 간단히 믿을 수 있는 이야기는 아니었지만, 토의하는 사이에 다들 흥미가 동해 '그럼 어디 만들어볼까'라고 하게 됐다.

학생들은 귀중한 서머타임을 들여 부품을 모으느라 뛰어다니고, 귀성해야 하는데 귀성도 하지 않고, 대학원생의 지휘 아래 조금씩 타임머신을 제작했다. 우정보다 연애를 선택한 동료의 탈락, 부품 비용을 둘러싼 금전 문제, 집주인의 방세 독촉, 공학부 대학원에서 초청한 외국인 협력자의 활약 등은 본론과는 상관없으니 생략한다.

석 달 뒤 8월 12일, 땀과 눈물의 결정인 타임머신이 완성됐다. 그리고 첫 번째 파일럿으로 선택된 인물이 다무라였다.

"다들 맨 처음으로 타기는 싫다더라고요. 뭐, 전 신입생이니까요."

"다시 말해 넌 우주선에 탑승한 개 라이카란 말이군."

"그렇죠, 네."

다무라는 실험동물 취급을 받은 게 아무렇지도 않은 듯했다.

그렇게 해서 인류 최초의 타임머신 파일럿이 된 다무라는 정확히 이십오 년 전 8월 12일 즉 오늘 아침 오전 10시, 이 연립에 도착했다.

주위는 고요했다. 아침까지 에어컨의 죽음을 애도했으니 그럴 만도 하다. 연립에 남은 사람들은 곤죽이 돼서 곯아떨어져 있었을 시각이다. "아무리 문을 두들겨도 대답이 없더라고요"라고 다무라가 말했다. 듣고 보니 비몽사몽간에 노크 소리를 들은 것도 같다.

"미안하게 됐다."

"더 환영해줄 줄 알았는데 말이에요. 할 수 없이 밖에 나가서 탐험하기로 했거든요. 이십오 년 전 교토도 재미있을 것 같잖아요. 그래서 여기저기 돌아다니다가 아까 돌아와서 여러분과 마주친 거죠."

"아까는 왜 갑자기 도망친 거야?"

아카시 군이 묻자 다무라는 쓴웃음을 지으며 머리를 긁적였다.

"어휴, 스승님을 보고 깜짝 놀라서요."

"스승님이라니, 히구치 선배 말이야?"

"스승님도 타임머신을 타고 온 줄 알았거든요. 히구치 선배는 이십오 년 뒤에도 시모가모 유스이 장에 있으니까요…… 아, 이런 거 말해도 되나."

"저 녀석, 이십오 년 뒤에도 여기 있다고?"

조가사키 씨는 그렇게 말하더니 "믿기지 않는군" 하고 중얼거렸다.

다무라 말로는 히구치 세이타로는 사반세기 후의 시모가모 유스이 장에서도 똑같이 210호에서 기거하며 '다다미 넉 장 반의 수호신'이라고도 '다다미 넉 장 반에 실수로 추락한 덴구'라고도 일컬어지는 하숙 최고참 학생으로서 경외의 대상이라 한다. 요는 뭐 하나 지금과 달라진 게 없다.

"전 히구치 선배가 유급한 학생이라고만 생각해서 이쪽 시대에서도 보게 될 줄은 몰랐거든요. 스승님한테는 아무 말도 못 들었고요."

"그렇다고 도망치냐."

"어째 동요해서요, 아하하."

다무라는 명랑하게 웃었다. "제가 이래 보여도 동요를 잘하지 뭐예요."

"이거 스승님한테는 비밀로 해야 할까요?"

아카시 군의 말에 우리는 "으음" 하며 생각에 잠겼다.

사반세기 후에도 이 연립에서 살고 있다는 운명을 알아도 히구치 세이타로는 턱을 쓰다듬으며 "그 또한 좋지 아니하랴"라고 할 것 같다. 그렇지만 본인이 바라는 것도 아닌데 구태여 알려주는 것도 괜한 참견이리라. 우리는 히구치 씨에게 그 사실을 감추기로 했다. "그래서 스승님은 어디 계신데요?" 다무라가 물었다.

"아, 응, 잠깐 어제에." 나는 대답했다.

"타임머신을 사용하는 중이거든." 아카시 군이 설명했다.

"미안해. 네가 타고 온 건 줄 몰랐어."

"아하, 글쿠나. 그렇단 말이죠."

"허락도 안 받고 미안해."

"아뇨, 뭐 상관없어요."

"얼른 돌아가지 않으면 다들 걱정할 거 아냐?"

"괜찮아요. 타임머신이잖아요. 출발한 직후 시각으로 돌아가면 되죠. 그럼 그쪽에선 시간이 전혀 안 지난 게 되니까요."

"그 타임머신, 시각 설정도 돼?"

나는 물었다. 그런 다이얼은 없었는데.

다무라는 "안 돼요?" 하고 놀란 듯 되물었다.

"연수하고 일수뿐이던데."

"에고, 그건 몰랐네요."

다무라는 입을 딱 벌렸으나 곧 말했다.

"그럼 할 수 없고요."

"느슨하네."

"제가 원래 그런 데가 있거든요, 이래 봬도."

다무라는 "아하하" 하고 웃었다. "아무튼 여기서 기다릴게요."

촌티 나는 미래인은 소파에 달랑 걸터앉았다.

얼마 동안 침묵이 이어졌다. 멀리서 매미 울음소리가 들려왔다.

이윽고 다무라는 "덥네요"라고 중얼거리며 당초무늬 수건으로 땀을 훔쳤다. 하여간 미래적 느낌이 부족한 인물이다. 분명 우리 모두 같은 느낌을 받았을 텐데, 그중에서도 특히 아이지마 씨는 의구심을 감추려 하지 않았다.

"너 참 촌스럽구나."

"그래요?"

"미래인 같지 않아. 하나도."

"그런데 이게 웬걸요, 글쎄 미래인이지 뭐예요."

패션뿐 아니라 말씨까지 고전적이다.

미래인 같지 않은 미래인을 보며 나는 이십오 년 뒤 세계를 그려 봤다. 나는 어떤 인생을 살고 있을까. 그때까지 살아 있다면 사십대

중반일 것이다. 이미 아내와 자식도 있고 인생 경험도 그런대로 쌓아 사회적으로 유익한 인재로서 폭넓게 활약하고 있을 것이다. 그건 됐다 치고, 문제는 현재 영위중인 다다미 넉 장 반 생활의 연장선상에 그 같은 미래가 전혀 보이지 않는다는 사실이었다. 말할 것도 없이 모든 책임은 오즈에게 있다.

"미래의 교토는 어떤 느낌이야?" 아카시 군이 물었다.

다무라는 허공을 노려보며 "글쎄요"라고 중얼거렸다.

"그렇게 많이 다르진 않아요. 시모가모 신사에선 헌책 시장을 하고, 카모 강도 히에이 산도 똑같아요. 좀 있으면 고잔오쿠리비죠? 저희 시대에서도 그래요."

"뭐, 교토니까." 나는 말했다.

"아, 하지만 감동한 게 하나 있어요. 다카노 강 건너편에 오아시스란 목욕탕이 있잖아요? 거기, 저희 시대엔 편의점이거든요. 아까 탐험하러 나갔을 때 실물을 보고 얼마나 기뻤는데요. 여기에 아버지가 다녔구나 싶어서."

"아버지도 교토에 계셨냐?"

"네."

다무라는 몸을 내밀고 말했다.

"게다가 딱 이 시대거든요!"

애초에 다무라가 시모가모 유스이 장에서 하숙하게 된 것은 입학 수속을 밟는 날 아버지가 멋대로 정했기 때문이라고 했다. 현재에서 사반세기의 세월이 더 지났으니 얼마나 폐허 같을지는 미루어 짐작할 수 있다. 현관 앞에서 주저하는 다무라에게 그의 아버지는 단 한 마디, '사자는 새끼를 다다미 넉 장 반에 밀어 떨어뜨린다'라 중얼거렸다고 한다.

기골이 있는 아버지라 하지 않을 수 없다.

신발장의 이름표를 떠올려봤지만 '다무라'라는 이름은 기억에 없었다.

"아버지는 다른 곳에 살고 계시는지도 모르죠" 하고 다무라는 말했다. "어쨌든 지금은 이십오 년 전이니까 아버지도 어머니도 이 근처를 얼쩡거리고 있을 거거든요."

"잠깐, 어머니도 계셔?" 아카시 군이 말했다.

"아버지랑 어머니는 학창시절에 만난 모양이에요. 하지만 두 분 다 맨날 거짓말만 하니까 사실은 어떨지 모르거든요. 그래서 타임머신을 탈 수 있게 됐을 때 이 시대를 고른 거예요. 부모님이 어떻게 만났는지 진상을 알고 싶어서요."

"그거 재미있는데. 어디 너희 부모님을 찾아볼까."

그런데 또다시 조가사키 씨가 찬물을 끼얹었다.

"그만둬라. 이 촌티 나는 녀석을 보고 부모가 낳을 마음이 없어지면 어쩌려고."

"말이 너무 심한데요."

여기에는 다무라도 울컥한 듯했다.

"다른 사람도 아니고 저희 아버지 어머니라고요. 그런 생각을 할 리 없잖아요."

"아니, 넌 아직 태어나기 전이잖아. 너희 부모는 대학생이고 아직 아무 각오도 안 돼 있다고. 시간 여행자라면 좀 더 위기감을 가져봐라. 괜한 짓을 했다가 부모 사이가 틀어지기라도 하면 네 존재는 사라지는 거야."

"제가 사라져요? 왜요?"

"현재를 바꾸면 미래도 바뀌지. 당연하잖아."

거기서 조가사키 씨는 어떤 중대한 걱정에 사로잡힌 듯했다. 허공을 노려보며 "아니, 잠깐" 하고 중얼거렸다. 그의 표정을 보다 보니 내 가슴에도 불길한 예감이 번졌다.

갑자기 아카시 군이 흠칫 놀라 말했다.

"리모컨."

그게 바로 불길한 예감의 정체였다.

아까 세 사람은 타임머신을 타고 어제로 갔다. 그들이 고장 나기 전의 리모컨을 입수하면 시간의 흐름은 바뀐다. 리모컨에 콜라가 쏟아진 결과로서의 '오늘'이 존재하지 않게 된다. 그리고 그 '오늘'을 살고 있는 우리도.

"지금 여기 있는 우리는 사라지겠군요." 나는 말했다.

"지금 그런 소리를 할 때냐!"

조가사키 씨는 내 멱살을 잡으려 덤벼들었다.

"네 아이디어잖냐, 네가 책임져!"

"어쩌라고요."

"아니, 잠깐. 우리가 사라지는 걸로 끝나지 않을지도 몰라."

조가사키 씨는 나를 떠다밀며 무서운 말을 중얼거렸다.

"녀석들이 어제에서 리모컨을 가져온다 치자. 그게 시간의 흐름에 어떤 영향을 줄지 알 수 없지만 무슨 일이 벌어져도 이상할 것 없어. 예를 들어 리모컨 하나 가져온 것 때문에 작은 변화의 연쇄 반응이 일어나 그 결과 어제의 오즈가 사고로 목숨을 잃게 될 가능성도 있단 말이지. 그럼 오즈는 어제 죽은 셈이니까 오늘의 오즈가 타임머신을 타고 어제로 갈 수 없게 돼. 그렇게 되면 심각한 모순이 발생하는 거 아니냐. 애초에 오즈가 어제로 가지 않으면 어제의 오즈가 죽는 일도 없을 테니까."

아카시 군이 눈살을 찌푸리며 중얼거렸다.

"아닌 게 아니라 모순되네요. 우주의 섭리에 어긋나요."

그제야 나는 조가사키 씨가 하려는 말을 이해했다.

영화 〈막부 말기 연약자 열전〉을 떠올려보기를.

21세기 다다미 넉 장 반에서 막부 말기로 타임슬립을 한 대학생 긴가 스스무가 일으킨 역사 수정은 온 우주의 소멸이라는 장대한 재앙을 불러왔다.

언뜻 보면 성의 없는 전개 같지만 우리가 벌인 토의의 논리적 귀결이다.

긴가 스스무로 인해 메이지 유신이 저지됐다 치자. 그러면 그가 실험중 사고로 타임슬립을 하게 될 일도 없어져 '긴가 스스무로 인해 메이지 유신이 저지됐다'라는 전제 자체와 모순이 생긴다. 배리법背理法적으로 생각한다면 이 같은 모순이 발생하기에 '타임머신은 실현될 수 없다'라는 상식적인 결론에 도달하는 셈이다. 하지만 이 영화는 어디까지나 '타임머신은 실현될 수 있다'라는 것을 전제로 한다. 그게 아니면 애초에 스토리가 성립되지 않는다.

그렇다면 타임머신에 의해 생기는 모순을 어떻게 해결하나?

그 점에 관해 아카시 군과 나 사이에 격론이 벌어졌다. 상세는 생략하고 우리가 다다른 결론은 이하와 같다.

(1) 타임머신은 실재한다.

(2) 그러나 타임머신으로 인해 근본적인 모순이 발생한다.

(3) 따라서 '타임머신이 실재하는 이 우주'가 통째로 잘못됐다.

영화 〈막부 말기 연약자 열전〉의 온 우주 소멸이라는 비극적 결말은 이 같은 결론에서 도출된 것이었다. 논리적으로는 옳아도 영화로서는 좀 아니지 않나 싶기에 나는 "정말 괜찮겠어?" 하고 아카시 군에게 몇 번씩 확인했다.

현재 우리가 놓인 상황과 참으로 흡사하지 않나.

아닌 게 아니라 메이지 유신과 에어컨 리모컨은 스케일 면에서는 급이 다르다. 하지만 심각한 모순을 일으킬 가능성이 있다는 점에서는 똑같다.

그렇다면 지금 온 우주는 소멸될 위기에 처해 있는 것이다.

조가사키 씨는 얼굴이 창백했다.

"그러니까 내가 그만두자고 했지."

"여러분, 뭐가 그렇게 심각한 거죠?"

아이지마 씨가 말했다. "타임머신은 가짜잖아요?"

"됐으니까 넌 입 다물고 있어!"

조가사키 씨가 으름장을 놓자 아이지마 씨는 쪼그라들었다.

"어째 일이 커졌네요." 다무라가 말했다.

흡사 남의 일 같은 말투에 화가 났다. 내가 "넌 어떻게 그렇게 침착한 건데?" 하고 비난하자 다무라는 당혹해서 "전 이 시대 사람이 아닌걸요"라고 대답했다. 자신이 이 시공간적 위기의 원흉이라는 자각이 없는 것이다. 시공 연속체에 대한 윤리관이 근본적으로 결여되어 있다 하지 않을 수 없다.

"전 타임머신을 타고 이 시대를 견학하러 왔을 뿐이니까요. 여러분이 멋대로 타임머신을 쓴 거잖아요? 그런데 제 잘못인가요?"

그렇게 나오면 할 말이 없었다.

아카시 군과 그렇게 열띤 토의를 벌여놓고도 나는 진짜 타임머신 앞에서 아무것도 걱정하지 않았다. 사리사욕에 눈이 멀었었다고 할 수밖에 없다. 에어컨 리모컨 하나 때문에 온 우주를 위기에 몰아넣은 것이다. 시공 연속체에 대한 윤리관이 결여된 사람은 다무라가 아니라 나 자신이었다.

"포기하기엔 아직 이른 것 같은데요."

아카시 군이 냉정한 목소리로 말했다.

"오즈 선배가 리모컨을 갖고 돌아오면 바로 원래 자리로 돌려놓으러 가죠. 콜라가 쏟아진 건 선배들이 목욕탕에서 돌아온 다음이죠? 분명 오후 6시 넘어서였을 거예요. 그 전에 눈치 못 채게 갖다놓으면 모순이 생기지 않으니까요."

그러나 어제로 갔던 세 사람은 좀처럼 돌아오지 않은 채 시간만 시시각각 흘러갔다.

파멸을 기다리는 듯한 침묵 속에서 주위 현실이 유리처럼 쉽게 깨지는 것으로 느껴지기 시작했다. 무더운 공기도, 풍경 소리도, 멀리서 들려오는 매미 울음소리도 모두 현실감을 잃어갔다.

아카시 군을 보니 꼿꼿한 자세로 타임머신의 귀환 예상 지점을 일심분란하게 응시하고 있었다. 옆얼굴에는 여전히 땀 한 방울 맺혀 있지 않았다. 만약 온 우주가 소멸한다면 이 타의 추종을 불허하는 사람도 사라지는 것이다.

나도 모르게 그녀를 불렀다.

"아카시 군."

그녀가 돌아보려 한 순간 벼락 치는 듯한 소리가 울려 퍼졌다.

마침내 세 사람이 돌아온 줄 알고 타임머신을 향해 달려가려던 우리는 놀라 마주 봤다. 귀환한 타임머신에 아무도 없었기 때문이다.

아카시 군이 "어째서?" 하고 중얼거렸다.

"그쪽에서 무슨 일이 있었던 걸까요?"

좌석을 살펴보니 종이 한 장이 붙어 있었다. 텐구의 사과문 같은 수상쩍은 붓글씨로 다음과 같이 쓰여 있었다.

제군도 놀러 오너라

히구치 세이타로

2

8월 11일

작년 늦가을 요상한 꿈을 꿨다.

게이후쿠 전철 연구회의 내분으로 깊은 상처를 입어 속세와의 연을 끊고 다다미 넉 장 반에 틀어박혀 있던 시기다.

이런 꿈이었다.

나는 기나긴 잠에서 깨어 일어나 앉았다. 여느 때와 똑같은 천장, 여느 때와 똑같은 다다미 넉 장 반, 여느 때와 똑같은 고요함. 그런데 묘하게 불안한 느낌이 들었다. 공동변소로 가려고 문을 열자 그곳에는 복도 대신 마치 거울을 보는 것 같은 다다미 넉 장 반이 있었다. 그 다다미 넉 장 반의 창 너머에도 다다미 넉 장 반이 있었다. 가고 가고 또 가도 다다미 넉 장 반이었다. 나는 어느새 기괴한 다다미 넉 장 반 세계에 갇혀 있었던 것이다. 황당무계하면서도 묘하게 사실감 있는 꿈이었다.

이번 여름방학에 나는 그 묘한 꿈을 종종 떠올렸다.

이 무익한 여름방학의 하루하루가 꿈에 나온 무수한 다다미 넉 장 반처럼 여겨졌기 때문이다. 어제와 똑같은 오늘, 오늘과 똑같은 내일…… 시공의 저편까지 끝없이 이어지는, 판에 박은 듯이 똑같은 다다미 넉 장 반의 대행렬. 어제가 오늘과 똑같고 오늘도 내일과 똑같다면 이 여름에 과연 끝이 있을까.

나는 영원한 서머타임을 떠돌고 있다.

아카시 군과 함께 타임머신을 타고 '어제'에 도착했을 때 그곳이 정말 '어제'인지 바로 알 수는 없었다. 오후의 찌는 듯한 무더위, 복도에 무더기로 쌓인 잡동사니, 바람에 흔들리는 풍경 소리…… 이만큼 차이를 분간하기 어려운 시간 여행이 또 있을까.

그러나 히구치 씨의 210호 방문에는 '주인집에서 영화 출연중'이라고 쓴 종이가 붙어 있었다. 히구치 씨는 전화가 없는지라 외출할 때는 반드시 이유를 문에 써 붙여 갑자기 찾아온 제자나 친구의 편의를 도모한다. 그렇다면 바로 지금 주인집에서 영화 〈막부 말기 연약자 열전〉을 촬영중이라는 뜻이다.

"아카시 군, 여기는 진짜 어제 같은데."

아카시 군을 돌아보니 힘없이 쭈그리고 앉은 채 몸을 웅크리고 있었다.

"죄송해요. 좀 멀미가 나서……." 그녀가 말했다.

아닌 게 아니라 타임머신의 승차감은 쾌적하다 할 수 없었다. 시간을 넘는 순간에는 현기증이 났거니와 내장을 마구 흔들어놓는 듯한 느낌이 불쾌했다. 하지만 나는 아무렇지도 않은 것을 보면 아카시 군은 어지간히 시간 여행이 체질에 맞지 않는 모양이다.

그녀는 내 손을 잡고 일어나 복도 소파에 쓰러지듯 앉았다.

"선배…… 얼른 리모컨을……."

조금 전, 엄밀히 말하자면 '내일', 텅 빈 타임머신이 돌아왔을 때 온 우주 소멸의 위기에 직면한 우리가 취할 행동은 하나뿐이었다. 타임머신을 타고 '어제'로 가서 에어컨 리모컨이 확실하게 고장 나 모순이 발생하지 않도록 한 다음, 먼저 간 세 사람을 조속히 데려오는 것이다.

조가사키 씨는 "어떻게든 해"라고만 하고 타임머신에 타려 들지 않았고 아이지마 씨는 코웃음만 쳤다. 다무라는 "저도 갈게요"라고 했지만 정중히 거절했다. 상황이 더 꼬일 것이기 때문이다.

바야흐로 온 우주의 운명이 아카시 군과 내게 달려 있었다.

현재 시각은 오후 3시 넘어. 머잖아 〈막부 말기 연약자 열전〉 촬영이 끝날 것이다. 곧 촬영 팀이 연립으로 돌아온다.

"어디 있지? 어디 있어? 어디 있는 거냐?"

내 방과 복도를 아무리 찾아도 리모컨이 보이지 않았다.

생각할 수 있는 가능성은 하나뿐이었다.

오즈다.

"찾으러 가야죠." 아카시 군이 말했다.

"아카시 군은 잠깐 쉬고 있어."

"그럴 순 없어요. 다들 돌아오실 테고……."

그녀는 몸을 일으키더니 눈물을 글썽이며 "웩" 하고 구역질했다.

나는 타임머신을 공용 베란다로 가지고 나가 널려 있던 이불로 덮었다. 부지런히 카무플라주 작업을 하는 동안에도 주인집에서는 학생들의 떠들썩한 목소리가 들려왔다. 영화 동아리 인간들이 철수 작업중이었다.

공용 베란다에서 돌아왔을 때, 복도 저편에서 누가 오는 게 보였다. 사이고 다카모리로 분장한 인물이 의아한 표정으로 우리를 쳐다봤다.

"어라, 너희 벌써 왔냐?"

(어제의) 조가사키 씨였다.

아카시 군이 천천히 일어나 앉았다.

우리 일거수일투족이 시간의 흐름에 영향을 주어 우주를 위기에 빠뜨릴 수 있다고 생각하니 섣부른 말은 할 수 없었다. 아카시 군도 나도 얼어붙은 것처럼 입을 열지 못했다.

조가사키 씨는 한층 의아한 표정을 지었다.

"너희 좀 이상하지 않냐?"

"하나도 이상하지 않습니다." 나는 말했다. "지극히 정상인데요."

조가사키 씨는 갑갑한 의상을 얼른 벗어버리고 싶은지 "됐다" 하고 고개를 저으며 209호로 들어가려 했다. 그런데 한 발짝 들여놓자마자 땀투성이 가짜 사이고 다카모리는 "어떻게 된 거야!"라고 소리치며 몸을 젖혔다. "야, 리모컨 내놔."

"거기 있잖습니까."

"아니, 없어."

"무슨 말씀을…… 없을 리 있나요."

"없으니까 없다는 거 아냐. 이런 찜통에서 옷을 갈아입으라는 거냐?"

조가사키 씨는 약식 기모노 밑에 쑤셔넣었던 타월을 짜증스레 잡아 빼며 다가와 "리모컨 내놔"라고 했다. 용케 저렇게 고자세로 나올 수 있다 싶다. 하지만 리모컨은 어디에도 없다. 이렇게저렇게 계속 둘러대자 조가사키 씨는 우리 태도에 새삼 의혹을 느낀 듯 "역시 이상한데"라고 말했다.

"여기서 뭘 하는 거지? 아직 철수 작업이 안 끝났을 텐데."

"잠깐 볼일이 있어서요. 금세 저쪽으로 돌아갈 겁니다."

"게다가 너희 어느새 옷까지 갈아입었냐?"

"안 갈아입었는데요."

"아니, 갈아입었잖아."

"기분 탓입니다. 촬영하느라 피곤하신 겁니다."

"아니, 내 눈은 틀림없다. 분명히 갈아입었어."

갑자기 아카시 군이 일어나 "간섭이 좀 심하신 게 아닌가요?"라고 노기 어린 목소리로 말했다. 얼굴에 겨우 핏기가 돌아와 있었다.

"저라는 인간이 저쪽에 있건 이쪽에 있건, 옷을 갈아입었건 안 갈아입었건 그건 제 자유죠. 왜 제 행동을 일일이 조가사키 선배한테 보고해야 하는 건가요? 동아리 선배라고 개인적인 행동을 감시할 권리는 없을 텐데요. 명백한 사생활 침해예요. 단호히 항의하겠습니다."

"아니, 자, 잠깐!"

조가사키 씨는 타고난 심약함을 드러냈다.

"아카시, 그런 게 아니야. 네 사생활을 침해할 생각은 없어."

"그럼 참견 말아주시겠어요?"

"난 에어컨 리모컨을 찾으려는 것뿐이라고."

"리모컨은 있다니까요. 아까부터 그렇게 말씀드리잖아요."

"아니…… 그게…… 저…… 응."

조가사키 씨는 한층 움츠러들어 입을 다물고 말았다.

그곳에 (어제의) 아이지마 씨가 "고생 많으셨습니다"라며 나타났다. 그는 아카시 군과 내 얼굴을 보더니 "어라?" 하고 괴상한 소리를 질렀다.

"너희 어느새 돌아왔어? 아직 철수 작업중이잖아?"

어물거리다가는 (어제의) 우리가 돌아오고 만다. 이렇게 되면 두 사람을 뻥 차버려서라도 이 자리를 벗어나는 수밖에 없다. 그렇게 결심하고 자세를 취하는데 전설의 록스타처럼 "예에에에에에!"라고 외치는 목소리가 복도에 울려 퍼졌다.

놀라 돌아본 우리 시선 끝에 하누키 씨가 떡 버티고 서 있었다.

그녀는 두 팔을 힘차게 쳐들며 소리쳤다.

"타임머신 최고다!"

아카시 군과 내가 창백해진 것도 아랑곳없이 하누키 씨는 즐겁게 춤추며 다가왔다. 시공 연속체가 삐걱거리는 소리가 들리는 듯했다.

"너희도 왔구나? 왔구나, 왔어."

"뭐냐, 하누키. 뭐가 그렇게 신났어?"

"잠깐, 조가사키. 넌 어떻게 그렇게 침착한 거야? 맙소사. 확실하게 음미하고 있는 거야? 이 귀중한 체험을 음미하고 있어?"

"뭘 음미해?"

"하여간 답답한 사람이네. 좀 더 솔직하게 감동해야지!"

나는 하누키 씨가 치명적인 착각을 하고 있다는 것을 깨달았다.

그녀가 타임머신에 탔을 때 그 자리에 조가사키 씨와 아이지마 씨, 아카시 군, 내가 있었다. 그리고 지금 이곳에 있는 멤버 구성도 똑같다. 하누키 씨는 여기 있는 사람 모두가 타임머신을 타고 온 내일의 우리인 줄 아는 것이다.

"취하셨군요, 하누키 씨."

"얘는, 그럴 리 없잖아."

"취한 사람은 다 그렇게 말한다고요."

아카시 군도 달려와 하누키 씨에게 눈짓했다.

"하누키 씨, 저희 술 깨러 가요."

"아니, 안 취했다니까……."

"취하셨습니다. 곤죽이 되게 취하셨습니다. 가죠."

우리는 하누키 씨를 끌고 그 자리를 벗어났다. 뒤에서 조가사키 씨가 어이없다는 듯 "영문을 모르겠네"라고 말하는 게 들렸다.

어쨌거나 하누키 씨의 더없이 대담한 난입으로 위기를 모면할 수 있어 다행이었다. 계단에 다다랐을 때 하누키 씨는 "대체 뭐야"라며 우리 팔을 뿌리쳤다. "그건 저희가 할 말입니다" 하고 나는 말했다. "하마터면 우주가 소멸할 뻔했다고요."

"……그게 무슨 소리야?"

"저 사람들은 어제의 조가사키 씨와 아이지마 씨란 말입니다."

"어, 그래? 타임머신 타고 온 게 아니었어?"

"타임머신을 타고 쫓아온 건 아카시 군과 저뿐입니다. 도대체가 보면 알 거 아닙니까. 조가사키 씨는 사이고 다카모리로 분장하고 있는데."

"아, 그렇구나. 미안."

"모쪼록 행동은 신중하게!"

"그렇게 화낼 거 없잖아."

"작은 실수가 우주를 멸망시킬 수 있으니까요."

"아니, 그러니까 아까부터 무슨 이야기야?"

장황하게 설명할 겨를이 없다. 나머지 사람들은 어디 있느냐고 묻자 하누키 씨는 "오아시스에서 잠복하겠대"라고 대답했다. "어제 히구치의 샴푸를 훔친 범인을 찾겠다는 거야. 진짜 멍청이라니까."

"우주를 멸망시킬 작정인가."

"얼른 데려오죠."

아카시 군은 앞장서서 계단을 내려갔다.

그런데 계단참에 이르러 "안 되겠어요"라며 멈춰 섰다.

촬영 팀이 돌아온 모양이다. 1층 현관에서 떠들썩한 목소리가 들려왔다. 우리는 몸을 돌려 계단을 달려 올라가 계단 옆에 있는 공동 변소에 숨었다. 안에서 숨 죽이고 있으려니 여러 명이 쿵쾅쿵쾅 발소리 요란하게 계단을 올라왔다.

어제의 아카시 군과 내 목소리가 들렸다.

"선배들은 이제 오아시스 가시는 거예요?"

"응. 아카시 군은 어쩔 거야?"

"뒷정리 다 하면 헌책 시장에 가려고요."

영화 촬영이 끝난 뒤 분명히 그런 말을 주고받았다. 기시감 같지만 기시감이 아니다. 완전한 반복이다.

아카시 군이 문에 귀를 갖다대며 소곤소곤 말했다.

"제 목소리가 저런가요? 괴상하네요."

"그건 아닌 것 같은데."

"아뇨, 괴상한 목소리예요."

아카시 군은 그렇게 말하며 창피해했다.

갑자기 누가 변소로 들어오려 했다.

나는 즉각 문손잡이를 잡고 몸으로 문을 밀며 버텼다.

문밖에서 "들어갈 수가 없는데요"라고 하는 오즈의 목소리가 들려왔다. 여유 있는 발소리가 다가왔다. "고장 냈냐?"라는 히구치 씨 목소리에 오즈가 "당치도 않은 말씀을!"이라고 대답했다. 히구치 씨와 오즈가 힘을 합쳐 화장실 문을 열려고 하기에 이쪽에서는 셋이 매달려 막았다.

이윽고 그들은 단념한 듯했다.

"아이고, 모르겠다. 목욕탕에서 해결하겠습니다."

"귀군, 그렇게 허옇게 분장한 채로 목욕탕에 가려고?"

"징그럽죠? 이 징그러움이 제가 생각해도 걸작이다 싶거든요. 전기탕에서 움찍움찍하면 더 징그럽지 않겠습니까?"

"더할 나위 없이 징그럽겠지."

"그런 고로 어서 가시죠, 스승님."

"잠깐 기다려라. 비달 사순을 가져오마."

깜짝 놀라게 알맹이 없는 대화를 마치고 히구치 씨와 오즈가 멀어져갔다.

나는 문을 살짝 열어 가까이에 누가 없는지 확인한 다음 "가자"라고 말했다.

계단을 내려가기 직전 복도 안쪽에 눈길을 주니 역 플랫폼처럼 북적거리는 가운데 홀로 벽에 기대서 있는 내 모습이 보였다. 바로 코앞에 (어제의) 내가 서 있다는 것은 섬뜩하면서도 신선한 체험이었다. 여기서 (어제의) 나에게 말을 걸면 대체 어떤 일이 벌어질까. 홀린 듯이 쳐다보고 있으려니 (어제의) 내가 이쪽을 돌아봤다. 나는 간발의 차로 숨었다.

아카시 군이 계단참에서 돌아보며 낮은 목소리로 나를 불렀다.

"선배, 어서요!"

나는 급히 계단을 달려 내려갔다.

염천의 더위 속에 주택가로 나선 것이 오후 4시 전, 기울기 시작한 태양이 발밑에 짙은 그림자를 드리우고 가로수에서는 매미가 울고 있었다.

꼭 기시감 같은 느낌이었다.

그러나 이건 기시감이 아니다. 틀림없는 반복이다.

"이런 거였군요."

아카시 군은 빠른 걸음으로 걸으며 혼자 납득한 것처럼 고개를 끄덕였다.

"어제 철수 작업을 끝내고 연립으로 돌아왔더니 다들 어째 이상하더라고요. 이상한 눈초리로 저를 보면서 왠지 무서워하는 것 같았어요. 이제 수수께끼가 풀렸네요. 연립에서 미래의 저를 만난 거군요."

"그 말은 그럼 모순이 없다는 뜻?"

"네, 그래요."

하지만 영 석연치 않았다.

석연치 않은 것으로 말하자면 하누키 씨의 대담한 모험이 그렇다.

목욕탕으로 가는 길에 하누키 씨에게 들은 이야기에 따르면, 한 시간쯤 전 타임머신으로 이쪽에 도착하자마자 그녀는 히구치, 오즈와 따로 행동해 영화 〈막부 말기 연약자 열전〉 촬영 현장에 잠입했다고 한다.

"이런 때 타임머신은 편리하네."

어제 촬영 끝머리에 현장에 나타나 즐겁게 활약했던 하누키 씨의 모습이 주마등처럼 뇌리를 스쳤다. 카메라 뒤에서 히구치 씨 연기에 이러쿵저러쿵 지시를 내리고, 오즈가 허연 분장을 고치는 것을 돕고, 피로한 스태프에게 미지근한 칼피스를 돌렸다. 내게도 "야호! 고생 많네"라고 했다. 지금 발랄하게 밝혀진 충격적인 사실에 따르면,

그건 미래에서 온 하누키 씨였다!

"그렇지만 모순은 없잖아? 실제로 난 어제 촬영 현장에 있었던 셈이고."

아닌 게 아니라 모순은 없다.

하지만 정말 괜찮은 걸까.

하숙에서 가장 가까이 있는 공중목욕탕 오아시스는 시모가모 이즈미가와초에서 미카게 거리로 나가 다카노 강을 동쪽으로 건너면 나오는 주택가에 있다. 목욕탕 마크가 큼직하게 찍힌 포렴에서 주인이 앉은 계산대, 커다란 바구니가 늘어선 탈의실에 이르기까지 그야말로 목욕탕의 이데아라 할 곳인데, 여기서 동일한 문장을 반복한 것과 마찬가지로 우리가 다다른 목욕탕 또한 순전한 반복이었다. 이제 곧 조가사키 씨와 히구치 씨, 오즈, 내가 이곳에 나타날 것이다. 어제의 우리에게 따라잡히기 전에 미래의 히구치 씨와 오즈를 데리고 나와야 한다.

그러나 나는 포렴을 걷고 들어가려다가 문득 멈춰 섰다.

"하누키 씨, 어제 오아시스에 계셨죠?"

하누키 씨는 넌더리 난다는 듯 말했다.

"아까도 그 이야기 했잖아. 목욕탕에 간 적 없다니까."

이상하다. 어제 나는 분명히 오아시스에서 하누키 씨 목소리를 들었다. 여탕에서 "히구치, 조가사키" 하고 부르지 않았나.

혹시 그것도 '미래에서 온 하누키 씨'였나?

그렇다면 이야기가 다소 성가셔진다. 지금 여기서 히구치 씨와 오즈를 데리고 나오는 것만으로는 부족하다. 하누키 씨도 목욕탕에 들어가 조금 뒤 남탕에 들어올 (어제의) 우리에게 말을 걸어야 한다. 어째서 그런가 하면 '어제 그랬으니까'라고 대답할 수밖에 없다.

아니나 다를까, 하누키 씨는 내 제안에 마뜩잖은 표정을 지었다.

"싫어. 귀찮아."

"하지만 어제 하누키 씨는 여탕에 있었으니까……."

"안 갔다니까. 몇 번을 말해야 해?"

어제 가지 않았으니까 오늘 가야 하는 것이다. 아니면 모순이 발생한다. 나는 타임머신으로 과거를 수정하는 위험성을 열심히 설명했다. 자칫하면 하누키 씨와 나 정도가 아니라 우주 전체가 사라지게 된다. 지금 여기서 하누키 씨가 여탕에 가느냐 가지 않느냐로 우주의 운명이 결정되는 것이다. 중간부터 아카시 군도 거들어준 덕에 하누키 씨는 반신반의하면서도 "하는 수 없네"라고 수긍해주었다.

나는 어제 오아시스에서 오간 말을 설명했다. 하누키 씨가 똑같이 말해줄지 불안해하고 있으려니 아카시 군이 "다 외웠어요"라고 말했다.

"저도 같이 들어갈 거니까 괜찮아요."

"아카시 군, 부탁해."

"맡겨주세요."

그녀는 나를 보며 고개를 끄덕였다.

그렇게 해서 우리는 오아시스로 들어갔다.

계산대에서 안면이 있는 영감님이 졸고 있었다.

이 영감님은 대개 졸고 있는 터라 무인 목욕탕이나 다름없다.

나는 목욕비를 계산대에 놓고 탈의실을 둘러봤다. 시모가모 유스이 장에서 살기 시작한 이래로 몇 번을 본 광경일까. 목제 선반에 늘어선 낡은 탈의 바구니, 커피우유와 녹즙이 든 냉장고, 덜덜거려 시끄러운 선풍기, 신빙성이 떨어지는 고물 체중계.

나는 탈의실 구석의 불길한 어둠을 향해 불렀다.

"야, 오즈. 이런 데서 뭘 하는 거냐."

요괴 누라리횽은 마사지 의자에 몸을 맡기고 눈을 까뒤집은 채 "으히히" 하고 기성을 지르고 있었다. 그 마사지 의자는 사용하고 나면 당장 몸이 아파지는 병적 걸작으로, '살인 전기탕' 및 '농학박사의 변태 녹즙'과 더불어 목욕탕 오아시스가 자랑하는 3대 고문 장치로 유명하다. 그런 자학적 고통을 일부러 맛보고 싶어하는 사람은 이 너른 사쿄 구에서도 인류의 어두운 실존을 체현하는 오즈 정도다.

오즈는 나를 보고 "당신도 왔군요"라며 기쁜 표정으로 몸을 일으켰다.

"어제에 온 걸 환영합니다. 타임머신의 승차감은 어떻던가요?"

"그건 됐고 에어컨 리모컨은 어떻게 됐냐?"

"안심하시라. 틀림없이 확보해놨으니까요."

오즈는 바지 주머니에서 리모컨을 꺼내 공손하게 내밀었다.

리모컨을 받아 들었을 때 나는 안도와 함께 깊은 슬픔을 느꼈다. 이 리모컨은 영광스러운 미래로 문을 열어줄 마법의 지팡이다. 그런데도 나는 내 손으로 리모컨을 처치해야 한다. 이를 비극이라 하지 뭐라 하겠는가.

"리모컨은 원래 자리로 돌려놓을 거다."

"기껏 손에 넣었는데 왜요!"

"타임머신을 남용하면 우주가 소멸의 위기에 처해. 너희도 괜한 짓 하지 말고 당장 내일로 돌아가라. 히구치 선배는 어디 있지?"

"벌써 잠복중인데요, 탕 안에서."

나는 탈의실을 가로질러 유리문을 열었다. 천창으로 저물녘의 햇빛이 쏟아지는 가운데, 히구치 씨는 오른쪽에 있는 큰 탕에 있었다. 그는 손을 천천히 들며 "귀군도 왔나"라고 말했다. 여유 넘치는 태도에 '잠복'의 긴박감은 눈곱만큼도 없었다. 당장 나오라고 아무리 부탁해도 히구치 씨는 "싫은데"라며 고개를 흔들 뿐이었다.

"강제로 데려가자. 오즈, 너도 거들어라."

돌아본 순간 나는 비명을 지를 뻔했다.

"어이, 왜 옷을 벗어!"

"그야 물론 목욕하려고죠."

"너, 내가 한 말을 이해 못 한 거냐?"

"스승님 샴푸를 훔친 범인을 잡을 겁니다. 타임머신을 유효하게 활용해야죠."

오즈는 나를 밀어내고 욕탕으로 들어갔다.

히구치 씨도 오즈도 우주를 멸망시키려고 작당하는 것으로만 보였다. 탈의실 벽시계는 오후 4시 15분을 가리키고 있었다. 어제의 우리가 목욕탕에 도착하기까지 이제 오 분도 남지 않았다. 나는 하는 수 없이 계산대에 잔돈을 놓고 타월을 집은 다음 옷을 벗고 탕에 들어갔다.

주위를 둘러봤지만 우리 외에는 아무도 없었다. 이상하다는 생각이 들었다. 어제 우리가 오아시스에 왔을 때는 손님 세 명이 더 있었다. 모두 머리에 타월을 단단히 두르고 탕을 등진 채 내내 몸만 씻었다. 정말이지 묘한 인간들이었던 터라 똑똑히 기억했다. 그렇건만 지금 이 욕탕에는 우리 셋밖에 없었다.

나는 히구치 씨와 오즈를 탕에서 끌어냈다.

"머리에 타월 둘러! 얼른!"

벽 쪽에 늘어선 샤워기 앞에 셋이 나란히 앉으니 묘한 삼인조와 똑같아졌다. 어제 목욕탕에 왔을 때 내가 본 것은 우리 자신이었던 것이다.

"어제의 우리가 눈치 못 채게 해. 들키면 우주가 소멸한다."

"그렇지만 샴푸 도둑을 잡아야 하는데요."

"그렇고 말고. 악당에게 철퇴를 가해야지."

"히구치 선배, 샴푸쯤은 사드릴 수 있습니다."

"그런 문제가 아니라네, 귀군. 이건 정의의 문제야."

유리문 너머에서 말소리가 들려왔다. 그쪽을 보니 (어제의) 조가사키 씨가 계산대에서 목욕비를 내고 있었다. 그 뒤로 (어제의) 우리가 들어왔다.

"녀석들이 왔다." 나는 말했다.

(어제의) 우리는 널따란 탕에 멍하니 몸을 담갔다.

오즈가 둘넷여섯여덟열 하며 괴상망측한 노래를 불렀다.

"막부 말기 연약자 열전, 재미있는 영화가 될 것 같은데요."

"그럴 리 있냐." 조가사키 씨가 으르렁거렸다.

"어라, 조가사키 선배는 무슨 불만이라도 있습니까?"

"당연하지. 난 그런 허접쓰레기 영화는 절대로 인정 못 해."

"아카시 군은 만족한 것 같던데요."

"영화란 사회에 호소하는 바가 있어야 해. 더 진지하게 만들어야 하는 거라고. 도대체가 시나리오부터 황당무계하잖아. 그런 걸 영화로 만들겠다고 생각하는 시점에서 사회를 얕보는 거야. 아카시는 재능을 낭비하고 있어."

"그래 봤자 아마추어 영화잖습니까."

"너 같은 인간 때문에 문화가 쇠퇴하는 거야."

"어쨌거나 내 연기가 훌륭했다는 것은 부정할 수 없지."

히구치 씨가 뜬금없이 자화자찬했다. "일본의 여명이로다!"

이런 대화가 탕에서 펼쳐지는 것을 우리는 벽 앞에서 몸을 씻으며 귀 기울여 들었다. '태평한 인간들 같으니' 하고 노여움마저 느꼈다. 문화의 쇠퇴는 무슨 얼어죽을. 일본의 여명은 무슨 얼어죽을. 우주가 소멸하면 아무 의미도 없는데.

"비달 사순은 아직 바가지 안에 있는 것 같군."

히구치 씨는 내 왼쪽에서 참방참방 몸을 씻으며 등 뒤를 살피고 있었다. 우주의 위기가 닥치려는데도 머릿속에 샴푸 도둑 생각밖에 없다.

"히구치 선배, 제발 공연한 행동은 하지 마세요."

"이 기회를 살리지 못한다면 타임머신이 무슨 소용이랴."

여기 남탕에는 히구치 씨도, 오즈도, 나도 둘씩 존재한다. 게다가 모두 전라다. 이 추악한 트리플 페어의 존재를 완벽하게 감추지 못하면 우리 우주에 미래는 없다. 한편 옆 여탕에서는 우주의 모순을 막기 위해 하누키 씨와 아카시 군이 대기하고 있다. 계산대의 영감님은 이 목욕탕에서 우주의 존망을 건 줄다리기가 벌어지고 있는 줄 꿈에도 모를 것이다.

이윽고 탕에서 나온 (어제의) 히구치 씨가 (오늘의) 히구치 씨 왼쪽 옆에 앉아 몸을 씻는 무서운 사태가 발생했다.

뿐만 아니라 그들은 알맹이 없는 잡담까지 시작했다.

"여름철 목욕탕도 좋군요."

"전적으로 동감합니다."

"하지만 겨울철 목욕탕도 좋단 말이죠."

"네, 그것도 전적으로 동감합니다. 마음이 잘 맞는군요."

나는 우주가 뒤틀리는 듯한 공포에 사로잡혀 있는 힘껏 (오늘의) 히구치 씨 옆구리를 질렀지만 그는 개의치 않는 듯했다. 히구치 씨와 히구치 씨는 의기투합해서 심지어 악수까지 했다.

(어제의) 히구치 씨가 비달 사순을 내밀었다.

"이게 참 좋은 샴푸라 말입니다. 한번 써보시죠."

"어이쿠, 고맙습니다."

(오늘의) 히구치 씨는 샴푸를 받아 애정 어린 눈길로 바라봤다. (어제의) 히구치 씨는 고개를 숙이고 털난 정강이를 쓸고 있다. 나는 숨넘어갈 듯한 심정이었다.

그때 여탕에서 육감적인 목소리가 들려왔다.

"히구치, 조가사키."

(어제의) 히구치 씨는 "어라"라며 천장을 올려다봤다.

"하누키? 네가 웬일이냐."

"가끔은 나도 목욕탕에 가볼까 싶길래."

하누키 씨가 느긋하게 말했다. "이런 것도 좋네. 우아한데."

하누키 씨의 명연기에 안심한 것도 잠깐, (어제의) 히구치 씨가 머리를 감기 시작한 것을 보더니 (오늘의) 히구치 씨도 두르고 있던 타월을 벗어 던지고 머리를 감기 시작했다. 샤워기로 머리를 헹구고 나면 두 사람이 동일 인물이라는 게 일목요연해질 것이다.

그때 (어제의) 내가 일어나 욕탕에서 나가려 했다.

"먼저 가겠습니다. 좀 볼일이 있어서요"라고 하는 목소리가 들렸다. (어제의) 오즈가 전기탕에서 움찍움찍 경련하며 불렀다. "벌써 가시게? 더 느긋하게 있다 가시지."

내 오른쪽에 있는 오즈가 귓속말했다.

"안 그래도 어제 이상하다고 생각했는데요. 왜 서둘러 돌아간 거죠?"

"아무것도 아냐. 그냥 좀 볼일이 있어서."

"아항."

"지금 좀 바쁘니까 조용히 좀 해라"

"여자죠?"

나는 움찔해서 오즈를 봤다.

오즈는 "맞군요"라고 중얼거리더니 섬뜩하게 쑤욱 일어섰다.

"그렇단 말이죠. 그런 거라면 어제의 당신을 미행해야지."

나는 "그만둬!"라며 덤벼들었지만 오즈는 스르르 피해 탈의실로 향했다.

바로 쫓아가고 싶은 마음은 굴뚝같았지만, 지금은 히구치 씨의 정체가 들통나느냐 아니냐 하는 갈림길에 서 있었다. 게다가 탈의실에서는 (어제의) 나 자신이 옷을 입는 중이다.

히구치 씨에게 샤워기로 머리부터 물을 뒤집어씌운 뒤 타월로 머리를 싸는데, (어제의) 내가 서둘러 밖으로 나가는 게 보였다. 나는 히구치 씨 팔을 붙들고 욕탕을 가로질렀다. 그러나 간발의 차로 늦고 말아 내가 탈의실로 나오는 것과 동시에 오즈가 밖으로 뛰쳐나갔다. 포렴을 걷고 나가기 직전 나를 흘깃 돌아본 오즈의 악마적 미소가 잊히지 않는다.

내가 분해 발을 동동 구르고 있으려니 히구치 씨가 말했다.

"뭘 그렇게 노여워하나, 귀군."

"누구 때문인데요."

"그렇게 성내지 말라고. 얌전히 철수할 테니까."

히구치 씨는 그렇게 말하면서 득의양양하게 비달 사순을 보여주었다.

"도둑맞기 전에 훔치기로 했지. 그럼 모순은 없잖아?"

아닌 게 아니라 모순은 없다.

하지만 정말 괜찮은 걸까.

히구치 씨는 목욕탕에서 비달 사순을 도둑맞았다. 그렇기에 타임머신을 타고 이곳으로 왔다. 하지만 비달 사순을 훔친 범인은 타임머신을 타고 온 히구치 씨 본인이었다. 히구치 씨가 히구치 씨 샴푸를 훔치고, 샴푸를 도둑맞은 히구치 씨가 또 히구치 씨 샴푸를 훔친다. 시공을 초월한 히구치 씨와 히구치 씨의 대결에 나는 어떻게 대처해야 하는가?

망연자실한 나를 무시하고 히구치 씨는 여유롭게 옷을 입기 시작했다.

너무나도 어처구니없는 상황에 눈앞이 까마득해졌지만 나는 탈의실 천장을 올려다보며 크게 심호흡하고 "괜찮아"라고 중얼거렸다. 아닌 게 아니라 히구치 씨 말처럼 모순은 없다. 구태여 이의를 제기할 필요는 없다. 무익하든 말든 모순만 생기지 않으면 된다. 앞으로 이 문제에 대해 속 끓이는 것은 일절 그만두기로 하자.

나는 서둘러 옷을 입고 계산대로 다가갔다. 영감님은 무더기로 쌓인 동전을 앞에 두고 여전히 행복한 표정으로 졸고 있었다.

"아카시 군, 거기 있어?"

아카시 군이 칸막이 뒤에서 얼굴을 내밀었다.

"성공했어요?"

"그래, 성공했어."

"샴푸 도둑의 정체는요?"

"그 이야기는 나중에 하고. 그보다……."

나는 에어컨 리모컨을 아카시 군에게 맡겼다.

"역시 오즈가 갖고 있었어. 이걸 원래 자리에 갖다놔줘."

"선배는 안 돌아가시게요?"

"난 오즈를 잡으러 가려고. 아카시 군은 먼저 연립으로 돌아가서 히구치 선배하고 하누키 씨를 미래로 돌려보내. 조마조마해서 못 보겠다."

아카시 군은 고개를 끄덕이고 나서 의아스레 말했다.

"오즈 선배는 어디 가신 건데요?"

"어디 가는지는 알아."

밖으로 나오니 8월의 긴 석양이 시작되어 있었다.

"망했다, 망했다, 망했다."

나는 중얼거리면서 미카게 거리를 서쪽으로 나아갔다.

어제 있었던 일을 돌이켜보자. 목욕탕에서 나온 나는 시모가모 유스이 장으로 돌아가는 길에 헌책 시장에 가는 아카시 군을 발견했다. 그리고 '천재일우의 기회로군!' 하고 투지를 불태우며 그녀에게 함께 고잔오쿠리비를 보러 가자 청하려고 뒤를 쫓았지만 결국 명예로운 후퇴를 선택했다.

어제의 당신을 미행해야지.

오즈는 그렇게 말하며 오아시스에서 나갔다.

8월 11일 오후 4시 반인 현재, 아카시 군을 뒤쫓는 나를 뒤쫓는 오즈를 내가 뒤쫓고 있다.

무슨 수를 써서라도 오즈를 따라잡아야 했다. 안 그러면 아카시 군에게 고잔오쿠리비 이야기를 꺼내지 못하고 쓸쓸히 헌책 시장에서 퇴각하는 늠름한 모습을 오즈가 목격하는 사태가 벌어진다.

그것만 해도 필설로 다 할 수 없는 치욕이지만, 진짜 문제는 그 같은 인간 희극을 목격했을 때 오즈가 할 행동이다. 타인의 불행을 반찬으로 밥을 세 공기 먹을 수 있다고 호언하는 사내가 얌전히 숨어서 지켜볼 리 없다. 즐거워하다 못해 냉정함을 잃고 시공의 질서를 파괴할 폭거를 저지를 게 틀림없다.

창조보다 파괴. 그게 오즈의 신조다.

내가 오즈를 만난 것은 '게이후쿠 전철 연구회'라는 학내 동아리에서였다.

이름 때문에 철도 마니아 모임이라 생각들 하는데 소위 철도 애호회와는 취지가 다르다. 게이후쿠 전철 연구회는 '과거 교토京都와 후쿠이福井는 게이후쿠京福 전철로 이어져 있었다'라는 가설을 토대로 설립된 망상계 철도 동아리였기 때문이다. 동아리 내 전승에 따르면 란덴, 에이덴, 후쿠이의 게이후쿠, 이렇게 세 노선은 과거 '사바카이도 선'이라는 하나의 장대한 노선이었다. 지금도 시내 곳곳에 사바카이도 선의 유적이 남아 있다.

이건 순전한 뻥이니 독자 제씨는 믿어서는 안 된다.

동아리의 주된 활동은 존재하지 않는 사바카이도 선의 '폐철도'를 추적하며 당시의 '유적'을 발견하는 것이었다. 동아리 멤버들은 하나같이 누구에게도 뒤지지 않는 구안지사具眼之士라, 시내가 됐건 숲속이 됐건 온갖 곳에서 유적을 찾아낼 수 있었다. 한나절 열심히 조사 활동을 한 뒤에는 늘 가는 주점에서 마무리를 했다. 그날 가장 '그럴싸한 발견'을 한 사람에게는 생맥주 한 잔을 사주는 게 관례인데, 과거에 나도 후쿠이에서 교토로 해산물을 운반했던 '사바 열차'의 차고를 발견한 업적으로 영예를 차지한 적이 있다. 요컨대 '게이후쿠 전철 연구회'란 망상적 가설을 토대로 가공의 철로를 생각하는 더할 나위 없이 지적인 어른의 유희였다.

취향이 별난 신입생 둘을 맞이한 5월 중순이었다. 신록이 싱그러운 구라마 산에서 조사 활동을 마친 우리는 데마치야나기 근처 주점에서 신입생 환영회를 열었다. '그럴싸한 발견'을 한 사람을 위한 생맥주 증정식도, 신입생들의 자기소개도 끝났을 때 "여러분, 올해는 좀 과감하게 해보면 어떨까요?"라고 오즈가 말을 꺼냈다.

"동아리 활동을 동인지로 펴내 축제 때 판매하는 겁니다."

사바카이도 선의 낭만을 세상에 널리 알리자는 것이다.

오즈의 제안에 처음부터 신중론을 주장하는 사람들도 있었다. 사바카이도 선은 우리 한 사람 한 사람의 마음속에 존재하는 '내 마음의 철로'다. 하나하나가 다 다르고 어느 것이나 다 좋다. 하지만 동인지로 펴내려면 어느 정도 객관적인 형태로 수렴하는 것이 불가피하다 보니 각 사람이 가진 몽상의 차이점도 드러나게 된다. 그게 동아리의 자유로운 기풍을 해칠 것이다.

지금 생각하면 그 의견이 전적으로 옳았다.

그해 봄부터 여름에 걸쳐 게이후쿠 전철 연구회의 분위기는 악화일로를 걸었다.

물론 오즈가 제안한 동인지가 원인이었다. 동인지 계획을 계기로 멤버들 머릿속에 들어앉기 시작한 '현실적이고' '합리적이며' '수익성을 중시하는' 합당한 모습의 사바카이도 선이 분쟁의 씨앗이 됐다. 그렇게 신사적으로 서로의 망상을 존중하던 사내들이 차츰 다른 멤버의 망상에 대해 '현실적이지 않다' '합리적이지 않다' '수지가 맞지 않는다'라고 헐뜯기 시작했다.

기온 축제가 있을 무렵 나는 시모가모 유스이 장으로 찾아온 오즈에게 말했다.

"어째 분위기가 험악해졌군."

"하여간, 왜들 그러는지."

"네 탓이라고. 책임져라."

"하지만 전 좋은 뜻으로 제안한 건데요."

오즈는 속 편하게 말했다. "원래 살다 보면 이런 때도 있어요. 인간이잖습니까."

그러나 여름방학이 시작돼도 멤버들의 대립은 완화될 기미가 없었거니와 동인지의 내용도 정해지지 않았다. 차라리 동인지를 그만두자는 내 의견도 무시됐다. 다른 인간들은 '이제 와서 어떻게 물러나냐' 하는 심정이었을 것이다. 어떻게든 갈등을 봉합해보려고 이 사람 저 사람 붙들고 화합을 주장하는 나를 멤버들은 '너는 네 의견이라는 게 없다'라며 비난했다.

게다가 그런 식으로 나를 비난한 급선봉이, 연구회가 '자유로운 기풍'을 잃을 것을 우려해 신중론을 주장했던 본인이었다. 어느새 그는 항상 주위에 공격적인 언사를 휘두르는 트집 잡기 머신이 됐다. 하도 괜한 트집을 잡아대는 바람에 거의 쫓겨나다시피 해서 독립한 그가 '게이후쿠 전철 연구회 후쿠이 파'를 수립한 게 초가을이었다. 그래도 내분은 수습되지 않았다. 남은 멤버는 란덴 파와 에이덴 파로 갈라져 격하게 다투느라 바빠서 아무도 축제 이야기를 꺼내지 않는 지경에 이르렀다.

결국 각각 '란덴 연구회'와 '에이덴 연구회'로 독립해 오즈와 나 둘만이 남았다. 그렇지만 그 무렵에는 나도 내분에 학을 떼 다른 멤버들과 연락을 끊고 시모가모 유스이 장에 틀어박혀 있었다.

슬슬 추위가 몸속에 스며드는 11월 하순, 전열기로 혼자 쓸쓸하게 어육 완자를 굽는데 오즈가 훌쩍 찾아왔다. 둘이 밤늦게까지 술을 마셨다.

"아무도 없게 됐네요."

"너하고 둘이 무슨 일을 하겠냐. 해산하자."

"이거야 원, 그럼 그럴까요."

그렇게 해서 옛 게이후쿠 전철 연구회는 소멸했다.

그런데 이 흥망기에 후일담이 있다.

12월 중순, 오랫동안 후쿠이 쪽에서 조용히 조사 활동에 종사하던 '게이후쿠 전철 연구회 후쿠이 파'에서 '란덴 연구회'와 '에이덴 연구회'에게 화해를 청했다. 이미 오래전에 축제도 끝났는데 새삼 동인지 내용을 두고 대립하는 게 어이없게 느껴진 모양이다.

요청에 응해 햐쿠만벤의 주점에 모인 옛 연구회 멤버들은 씌었던 귀신이라도 떨어진 듯한 얼굴이었다. 오랜만에 벌인 연회석상에서 서로 속을 터놓고 이야기하는 과정에서 오즈의 암약이 드러났다. 오즈가 뒤에서 몰래 그들의 대립을 부추긴 것이었다.

내분 과정을 치밀하게 검증해보니 과격화한 후쿠이 파를 내쫓은 것도 오즈요, 란덴 파와 에이덴 파가 다투도록 꾸민 것도 오즈였다. 애초에 내분의 발단부터가 그가 제안한 동인지 아닌가.

"전부 그 녀석의 음모였나."

"악마 같은 사내군."

"하지만 오즈는 떠났어. 이제 싸울 이유가 없지."

이렇게 해서 '게이후쿠 전철 연구회 후쿠이 파'가 '란덴 연구회' '에이덴 연구회'를 흡수해 새로운 '게이후쿠 전철 연구회'가 탄생했다. 비참한 내분의 시대를 거쳐 그들은 한층 굳은 우정으로 맺어졌다. 멤버들은 앞으로 오즈 같은 악당의 감언이설에 결코 넘어가지 않겠노라고 맹세했다 한다.

훌륭한 일이다.

그런 후일담을 해가 바뀌고 생협 서점에서 만난 오즈가 가르쳐주었다.

"……그렇게 됐다는군요."

"어이, 뭐냐 그게."

나는 그 모든 우여곡절에 끼지도 못한 채 버려진 것이다.

다소 고된 시련이기는 했어도 내분은 게이후쿠 전철 연구회에게 귀중한 경험이었다고 할 수 있으리라. 비 온 뒤에 땅이 굳는다는 말도 있다. 연구회를 붕괴로 몰아넣은 어리석은 내분의 기억은 오래도록 계승되어 자유로운 기풍을 수호하는 이들에게 교훈이 되어줄 것이다. 끝이 좋으면 모두 좋다고 하고 싶지만 그럴 리 있나. 나는 어떻게 되는 건데? 그렇다고 이제 와서 게이후쿠 전철 연구회로 돌아갈 마음도 나지 않았다.

그해 겨울 나는 썰렁한 다다미 넉 장 반에 틀어박혀 전기히터를 화로처럼 끌어안고 '내가 그렇게 융화를 주장했건만!' 하며 분개했다. 내 말은 들은 척도 하지 않고 '너는 네 의견이라는 게 없다'라 비난해놓고는, 막상 광란의 시기가 지나자 모든 책임을 오즈에게 떠넘기고 '모두 사이좋게 지냅시다' 하는 사고가 마음에 들지 않았다.

'녀석들이 사과하러 오면 용서해줄 수도 있고.'

그러나 누구 하나 찾아오지 않았다.

그리고 오즈만이 남았다.

‘우리는 운명의 검은 실로 맺어져 있다’라고 오즈가 말했다.

대학에 입학한 지 어언 이 년 반, 다다미 넉 장 반 황야를 방황한 끝에 간신히 손에 넣은 것은 오즈라는 괴인과의 악연뿐.

이게 대체 어찌 된 일인가. 내가 뭔가 잘못했다는 것인가. 나에게 책임이 있다는 것인가. 최소한 좀 더 동지를, 아니 검은머리 아가씨를 달라고 나는 생각했다.

미카게 다리를 건너 가까스로 오즈를 따라잡았다.

다다스 숲에 접어드는 미카게 거리에서는 줄줄이 사탕 같은 추적극이 벌어지고 있었다. 맨 꽁무니에 붙어 전봇대 뒤에 숨은 것은 오즈, 그 앞에서 목욕바구니를 끼고 걷는 것은 (어제의) 나, 그리고 그 앞을 (어제의) 아카시 군이 걷고 있다. 이윽고 (어제의) 아카시 군은 오른쪽으로 뻗은 시모가모 신사 참배길로 들어섰다. 즉각 (어제의) 내가 뒤를 쫓았다.

전봇대 뒤에서 그 모습을 지켜보는 오즈는 즐거운 듯 어깨를 떨며 우히히 웃고 있었다.

뒤에서 살금살금 다가가 팔을 붙들자 오즈가 놀라 돌아봤다.

“어라! 벌써 따라잡은 겁니까.”

“자, 가자.”

“잠깐만요. 좀만 더요!”

오즈는 몸을 꽜다. “이제부터 재미있어질 것 같거든요.”

“재미있을 일 없어. 됐으니까 당장 미래로 돌아가라.”

“에이, 제 눈은 못 속인다고요. 저기 걷는 게 아카시 군이죠? 그 뒤를 걷는 건 당신이고. 대체 뭘 하는 겁니까?”

대답하지 못하는 나를 보고 오즈는 만면에 웃음을 지었다.

“이건 꼭 봐둬야겠는데!”

오즈는 스르르 내 손아귀에서 빠져나갔다.

황급히 뻗은 손이 허공을 잡으며 나는 균형을 잃고 엉덩방아를 찧었다. 오즈는 그 틈에 미카게 거리를 경쾌하게 달려갔다.

“잠깐!”

오즈는 내 외침에도 아랑곳없이 다다스 숲으로 사라졌다.

다다스 숲에는 한 발 먼저 어스름이 숨어들어와 있었다. 시모가모 신사로 이어지는 긴 참배길에서 옆으로 빠지자 남북으로 긴 마장 양옆으로 하얀 텐트가 무수히 늘어서 있었다. 슬슬 손님의 발길도 뜸해져 종료 예정 시각을 알리는 확성기 안내방송이 울려 퍼지고 있었다. 그러나 오즈는 어디에도 보이지 않았다. 나는 서둘러 고서점 텐트에서 텐트로 돌아다녔다.

(어제의) 아카시 군과 (어제의) 나는 금세 찾았다.

아카시 군은 질풍노도 같은 기세로 책꽂이에서 책꽂이로 돌아다니고 나는 기를 쓰고 그 뒤를 쫓아다녔다. 흡사 말 탄 카우걸의 밧줄에 묶여 끌려다니는 서부극의 악당 같았다.

어제 나는 아카시 군을 '눈에 띄지 않게' 뒤쫓는 줄 알았다.

그런데 지금 이렇게 객관적으로 보니 그냥 수상한 인물일 뿐이었다. 연신 침착하지 못하게 두리번두리번하지, 헌책을 집었나 싶으면 바로 책꽂이에 도로 꽂아놓고 뛰기 시작하지, 또 금세 멈춰 서서 책꽂이 뒤에 숨었다. 책을 사러 온 이들이 지나가며 이상한 사람 보듯 쳐다보고, 고서점 관계자들은 명백히 도둑질을 의심하고 있었다. 하지만 그렇게 눈살을 찌푸리던 그들도 내가 아카시 군을 뒤쫓는 것을 눈치채면 하나같이 "아항" "그렇군" 하고 다 안다는 듯이 얇은 웃음을 띠었다.

나는 책꽂이 뒤에서 (어제의) 나를 지켜보며 머리를 쥐어뜯었다.

할 수만 있다면 지금 당장 (어제의) 나에게 달려가 어깨를 치며 '됐으니까 그만 곱게 포기해라'라고 말해주고 싶다.

이윽고 (어제의) 나의 걸음이 느려졌다. 앞서가는 아카시 군과의 거리가 점차 벌어지더니 마침내 (어제의) 내가 멈춰 섰다. 양쪽으로 텐트가 늘어선 마장 중앙에 우두커니 서서 자조적인 웃음을 짓고 있었다.

갑자기 뒤에서 누가 어깨를 탁 쳤다.

"아하, 그런 거였군요."

오즈가 귓가에서 속삭였다.

이제 변명할 마음도 나지 않았다.

"길이길이 기억될 치욕이군." 나는 신음하듯 말했다.

"원래도 길이길이 기억될 치욕스러운 존재잖습니까. 이제 와서 얼버무린들 무슨 소용이 있죠? 이것도 인간으로서 한층 성장하기 위한 수행입니다."

오즈는 그렇게 말하고는 마장 중앙에 눈길을 주었다.

"어제의 당신은 지금 무슨 생각을 열심히 하는 겁니까?"

(어제의) 내가 무슨 생각을 했는지 똑똑히 기억난다.

1. 아카시 군에게 자연스럽게 말을 거는 것은 불가능하다.

1. 아카시 군을 방해하면 미안하다.

1. 잘 생각해보니 아카시 군과의 거리는 전혀 좁혀지지 않았다.

참 이상한 일인데 그렇게 (어제의) 내가 뒤쫓기를 단념하는 모습을 본 순간 '왜 거기서 물러서는 건가' 하고 거센 노여움이 치밀었다.

할 수만 있다면 (어제의) 나에게 달려가 '잔말 말고 계속 뒤쫓아라'라고 말해주고 싶다. 이 전략적 후퇴가 돌이킬 수 없는 실책이라는 것을 (어제의) 나는 모른다. 여유 부리며 '오늘은 여기까지'라고 생각하고 있다. '내일이 있다'라고 생각하고 있다. 하지만 그런 '내일'은 오지 않는다.

오즈가 이상하다는 듯 "어라?" 하고 큰 소리로 말했다.

"돌아가나 본데요."

(어제의) 나는 발걸음을 돌려 남쪽을 향해 힘없이 걷기 시작했다.

한심한 모습을 배웅하고 있으려니 오즈가 고서점 텐트에서 슬며시 나갔다.

그는 마장 중앙까지 가서 남쪽으로 멀어지는 (어제의) 나를 어이없다는 듯 봤다. 그러고는 북쪽으로 몸을 돌려 달려가는 아카시 군을 봤다. 북으로, 남으로, 다시 북으로. 회전하는 선풍기처럼 시선이 이쪽저쪽으로 움직였다. 그러더니 남쪽으로 달려가려 하기에 막아섰다.

"거기 서. 지금 뭐 하려는 거냐."

"설마 '오늘은 여기까지'는 아니겠죠?"

"이게 끝이야."

내가 내뱉듯 말하자 오즈는 눈을 둥그렇게 떴다.

"잠깐만요. 아카시 군에게 고잔오쿠리비를 같이 보러 가자고 했잖습니까?"

"그런 적 없어."

"그럼 아카시 군은 누구와 보러 가는 거죠?"

"내가 알겠냐."

오즈는 저물어가는 하늘을 올려다보며 탄식했다.

"안 봐도 뻔합니다. '전략적 후퇴다'라느니 '내일이 있다'라느니 핑계 댔겠죠. 그래 놓고 어디서 굴러먹던 개뼈다귀인지도 모를 인간에게 선수를 빼앗기다니…… 하여간 진짜, 부끄러운 줄 알아요!"

"옳은 말이라고 다 옳은 건 아니지."

"조금은 분한 줄 알라고요."

"분하지만 이제 와서 무슨 방법이 있냐. 이미 돌이킬 수 없어."

"……아뇨, 돌이킬 수 없는 건 아니죠."

오즈는 입술을 비뚤어뜨리고 히죽 웃었다. 시대극에서 관리에게 뇌물로 금화를 내미는 악덕 상인의 얼굴과 똑같았다. 신성한 다다스 숲에서 지어서는 안 될 표정이었다.

"어제의 당신 대신 오늘의 당신이 말하면 되죠" 오즈는 말했다.

"타임머신은 그러라고 있는 거잖습니까."

"넌 근본적으로 뭘 모르는군. 그런 일은 용납되지 않는다고!"

아닌 게 아니라 우리 수중에 타임머신이 있다. 하지만 과거를 아주 조금만 바꿔도 우주의 붕괴를 초래할 가능성이 있다면 대체 우리가 뭘 할 수 있겠나. 헌책 시장에서 전략적 후퇴를 감행한 것이 과거라면, 아카시 군이 누군가와 고잔오쿠리비를 보러 가기로 한 것도 과거다. 콜라에 빠진 리모컨과 마찬가지로 그건 이미 돌이킬 수 없는 일이다. 현실에서 타임머신은 아무 도움이 못 된다. 너무나도 위험해서 쓰려야 쓸 수 없는 도구인 것이다.

내가 그렇게 설명해도 오즈는 염불을 들은 말 같은 표정이었다.

"그래서 포기하겠다고요?"

"방법이 없잖냐."

"좋아요. 알겠습니다."

오즈는 나를 밀쳐내고 남쪽으로 걷기 시작했다.

"어이, 어쩌려고?"

"오늘의 당신이 포기하겠다면 어제의 당신을 설득하겠습니다."

"우주가 멸망한다니까!"

"멸망할지 아닐지는 해봐야 알죠."

오즈는 무시무시한 소리를 하고는 뛰기 시작했다.

나도 따라 뛰기 시작해서 '무슨 일인가' 하고 놀라는 행인들을 헤치며 쫓아가 오즈를 뒤에서 덮쳐 넘어뜨렸다.

"싸움 났다! 싸움 났다!" 하는 목소리가 주위에 울려 퍼졌다.

갑자기 해 질 녘의 헌책 시장에 긴장이 감돌고 여기저기서 남자들이 달려왔다. "쯧쯧, 진정들 해" "왜, 무슨 일이야" 하는 목소리가 날아들었지만 싸움을 말리려는 사람은 아무도 없었다. 우리 몸싸움이 하도 연약하다 보니 정말로 싸우는 게 맞는지 확신이 없어 '간섭할 정도는 아니지만 좌시도 할 수 없다' 하는 어색한 시간이었던 모양이다.

나는 오즈의 허리를 붙들며 소리쳤다.

"나도 할 수만 있다면 새로 하고 싶다고!"

그러나 어제 헌책 시장에서 내가 범한 실책은 어디까지나 내 책임이다. 결정적인 결과가 눈앞에 들이밀어질 것을 두려워해 '내일이 있다' 하고 퇴각한 사람은 나다. 자신의 어리석은 실책을 얼버무리기 위해 우주 전체를 위기에 빠뜨리는 것은 너무나도 불손한 행위라 하지 않을 수 없다. 아카시 군이 아무리 사랑스러워도 우주가 멸망해서는 의미가 없다. 그녀가 살아가는 이 우주를 지키기 위해 어리석은 결단의 결과를 받아들여야 하는 것이다. 그런 게 바로 청춘이고 그런 게 바로 인생이다.

그런 생각을 하다 보니 울고 싶어졌다.

나는 오즈를 밀쳐내고 축축한 땅에 엎드려 머리를 조아렸다.

"부탁이다! 순순히 같이 돌아가줘!"

오즈는 땅에 팔꿈치를 짚은 채 어이없다는 듯 침묵했다.

우리를 둘러싼 이들은 모두 숨죽이고 지켜보고 있었다. 이윽고 '아미 서점'이라고 쓴 이름표를 목에 건 헌책방 주인이 앞으로 나왔다. 불그스레한 대머리가 문어 같았다.

"이봐, 당신."

아미 서점 주인은 오즈에게 부드럽게 말했다.

"뭔지 잘 모르겠지만 이 녀석도 이렇게까지 하는데 용서해주지?"

나는 오즈를 잡아끌고 다다스 숲을 빠져나왔다.

"그냥 농담이었다고요. 설마 진짜로 믿을 줄이야."

"성가신 녀석 같으니! 하여간 진짜 성가신 녀석이야!"

"뭘 새삼스럽게. 그런 건 이미 잘 알면서."

땅을 굴러다닌 탓에 둘 다 흙투성이였다.

먼저 연립으로 돌아간 아카시 군이 히구치 씨와 하누키 씨를 돌려보냈을 테니 이제 오즈와 나만 내일로 귀환하면 전부 정리된다. 귀환하는 대로 신속하게 다무라를 미래로 쫓아보내고 타임머신에는 두 번 다시 가까이 가지 않겠다. 아무튼 이것으로 우주의 위기는 회피했을 터였다.

시모가모 유스이 장은 사람이라고는 아무도 없는 폐허처럼 고요했다.

시각은 오후 5시 넘어. 영화 동아리 '계' 사람들은 모두 돌아간 듯했다.

우리는 조심조심 중앙 현관으로 들어섰다. 현관에서 안으로 이어지는 먼지투성이 복도는 유령 터널처럼 어두웠다. 계단을 올라가 2층 복도에 다다르니 복도 끝 공용 베란다에서 비쳐드는 흐릿한 빛 속에 호리호리한 사람이 소파에 동그마니 앉아 있는 모습이 보였다.

"우리 왔어" 하고 말을 걸자 아카시 군은 놀란 듯이 벌떡 일어섰다.

나는 그녀의 심상치 않은 분위기를 금세 알아차렸다. 여느 때보다도 더 얼굴이 창백한 데다 가슴 앞으로 두 손을 꼭 모아 쥐고 있었다. 예상치 못한 문제가 발생한 게 분명했다.

"타임머신이 돌아오질 않아요!"

아카시 군이 그렇게 말하며 달려왔다.

"스승님과 하누키 씨를 돌려보낼 때 약속을 받았거든요. 저쪽에 도착하는 대로 바로 타임머신을 이쪽으로 보내준다고요. 그런데 벌써 십오 분도 더 됐는데 아무 소식이 없지 뭐예요. 게다가 그게 끝이 아니라……."

"괜찮아, 아카시 군. 진정해."

"그렇지만……."

"이제 괜찮아. 모순을 전부 없앴으니 우주는 위기에서 벗어났어. 최악의 경우 타임머신이 안 돌아와도 자력으로 돌아가면 그만이고."

"그게 아니에요! 그게 아니라고요!"

아카시 군은 답답하다는 듯 고개를 내저었다.

"에어컨 리모컨이 없다고요."

"리모컨이 없다고? 왜?"

두 발을 단단히 딛고 있던 대지가 갑자기 무너진 기분이었다.

"오즈한테 빼앗아서 줬잖아!"

"스승님이 갖고 미래로 돌아가버리셨어요!"

오즈와 내가 다다스 숲 헌책 시장에서 몸싸움을 벌이고 있었을 무렵, 아카시 군은 하누키 씨와 히구치 씨를 데리고 시모가모 유스이 장으로 돌아왔다.

아카시 군은 다른 어떤 것보다도 먼저 내가 맡긴 에어컨 리모컨을 복도의 냉장고에 올려놨다. 마시던 콜라가 쏟아져 리모컨이 임종하는 바로 그 지점이다. 그 뒤 그들은 공용 베란다에서 타임머신을 가지고 들어왔다.

"도착하면 바로 타임머신을 돌려보내주세요."

아카시 군이 다짐을 두자 하누키 씨는 "나한테 맡겨" 하고 장담했다.

그런데 타임머신이 출발할 때 히구치 씨가 손을 슥 내밀었다.

"이런, 잊어버릴 뻔했군. 아카시 군, 리모컨을 집어주겠느냐."

너무나도 자연스러운 말투였다. 아카시 군은 거의 무의식중에 냉장고에 놓은 리모컨을 집어 "여기요"라며 히구치 씨에게 건넸다.

터무니없는 실책을 그녀가 깨달은 것은 타임머신이 흔적도 없이 사라진 다음이었다.

이상과 같은 전말을 이야기한 뒤 아카시 군은 딱할 정도로 의기소침했다.

"죄송합니다. 제 불찰이에요."

"히구치 선배는 근본적으로 상황을 이해하지 못했군."

"마지막 순간에 그런 치명적인 실수를 저지르다니! 아카시 군 때문에 우주가 멸망하겠군요."

오즈의 우는 아이 뺨 때리는 듯한 말에 아카시 군은 망가진 꼭두각시 인형처럼 힘없이 고개를 수그렸다. 그러고는 벽을 향해 빙글 돌아 "드릴 말씀이 없습니다"라고 중얼거리며 머리를 콩콩 찧기 시작했다. "우주 주민 여러분. 죄송해요."

"아카시 군 혼자만의 잘못이 아니야. 타임머신을 탄 우리 모두 같은 죄다."

나는 아카시 군에게 말했다.

"게다가 아직 시간이 있어. 포기하지 마라."

그렇지만 남은 시간은 그렇게 많지 않았다. 이제 곧 헌책 시장에서 (어제의) 아카시 군이 돌아오고, 목욕탕 오아시스에서 히구치 씨 일행이 돌아올 것이다. 거기에 하누키 씨가 퇴근길에 찾아온다. 관계자 일동이 모두 모인 곳에 카모 강에서 상심을 달래던 내가 돌아오면 운명의 콜라 사건이 벌어진다. 그 전에 리모컨을 돌려놓지 않으면 우주가 끝장난다.

"아무튼 타임머신이 돌아오기를 기다리자."

참으로 초조하고 숨 막히는 시간이었다.

아카시 군은 소파에 앉아 두 손을 꽉 쥐고 꼼짝도 하지 않았다. 공용 베란다에서 비쳐드는 빛이 약해지면서 고개를 숙인 그녀의 얼굴은 물에 가라앉듯 어두워졌다. 온 우주에 대한 책임에 짓눌린 듯했다. 나는 속으로 아카시 군은 잘못이 없다고 말했다. 타임머신을 써서 리모컨을 가져오겠다는 생각을 한 내가 나쁘다. 애초에 리모컨에 콜라를 쏟은 오즈가 나쁘다. 모든 책임은 오즈에게 있다.

공용 베란다에 보이는 황혼의 빛에서 우주의 종말이 느껴졌다. 겨우 에어컨 리모컨 하나 때문에 우리 우주는 종말을 맞이하려 하고 있었다. 아카시 군과 함께라는 게 그나마 위안이었지만 오즈도 함께라는 게 그 위안을 망쳐버렸다.

오즈는 우주의 종말 따위 아무렇지도 않은 듯했다.

"어떻게든 된다니까요."

정체를 알 수 없는 낙천성이 분통 터진다.

"그런데 아카시 군, 물어볼 게 있는데요."

갑자기 오즈가 아카시 군에게 말했다. "고잔오쿠리비는 누구하고 보러 가는 겁니까? 사생활을 존중하고 싶은 마음은 굴뚝같지만 정직하게 가르쳐주세요."

"지금 꼭 그런 이야기를 해야 하냐."

"무슨 말씀을. 이건 우주의 존망과 관련된 문제란 말입니다."

아카시 군은 어리둥절하게 오즈를 쳐다봤다.

오즈는 "보러 가죠?"라고 날카로운 목소리로 추궁했다.

"네, 보러 가요. 보러 가는데요……."

아카시 군은 그렇게 말하더니 나를 얼핏 봤다. 그러고는 입을 다물어버렸다. 오즈가 "그래서?" 하고 재촉해도 아무 말 없었다. 수수께끼 같은 침묵은 무엇을 의미하는가.

급기야 나도 참지 못하고 물었다.

"아카시 군, 부탁한다. 가르쳐줘."

그러자 그녀는 믿기지 않는다는 듯 나를 쳐다봤다.

"어떻게……."

아카시 군이 중얼거린 순간, 파르스름한 섬광이 그녀의 얼굴을 비추었다. 회오리바람이 몰아치고 공용 베란다의 풍경이 세차게 딸랑

딸랑 울었다.

타임머신이 돌아온 것이다.

~

아카시 군이 누구와 고잔오쿠리비를 보러 가는지는 결국 모르고 끝났다. 성가신 인간들이 미래에서 몰려오는 바람에 그런 이야기를 할 여유가 없어졌기 때문이다.

복도에 출현한 타임머신에는 히구치 씨와 하누키 씨뿐 아니라 그렇게 탑승을 거부하던 조가사키 씨, 심지어 촌티형 미래인 다무라까지 타고 있었다.

하누키 씨가 "도착!" 하고 선언하자 순식간에 복도가 떠들썩해졌다.

"왜 다 같이 여기로 온 겁니까!"

히구치 씨가 "진정해라"라며 내 어깨를 쳤다.

"귀군과 아카시 군에게 고생을 시켰군. 우리는 타임머신의 위험성을 올바르게 이해하지 못했던 것이야. 하지만 이제 걱정 없다, 상황을 완전히 파악했으니까."

"그건 고맙지만 굳이 다 같이 올 건 없잖습니까."

"동료는 많을수록 마음이 든든하지."

"뭔가 도움이 되면 좋겠다 싶어서요."

다무라가 말했다. “저도 책임을 느끼고 있거든요. 미래인으로서.”

“책임을 느끼고 있으면 이 이상 괜한 행동은 하지 말아달라고.”

조가사키 씨가 이상하게 조용하다 싶었더니 복도에 주저앉아 있었다. 아카시 군처럼 타임머신을 타면 멀미가 나는 체질인가 보다.

유쾌한 동료들의 등장에 든든함을 느끼기는커녕 위기감만 커졌다. 애초에 시간 여행자로서의 절도가 없는 인간들인 데다 이제 곧 어제의 그들이 연립에 모여들 것이다. 그렇게 다 모였다간 사이좋게 ‘좋지 아니한가’를 춤추며 우주의 종언을 맞이하는 수밖에 없다.

오즈가 다무라에게 말했다.

“어라? 자네는 아까 만난…….”

“실례 많았습니다. 다무라라고 합니다. 미래에서 왔어요.”

“아, 그런 이야기? 그런데 미래인치고는 촌티가 나네.”

“아하하, 그런 말 많이 들어요. 이 시대는 다들 무례하군요.”

아카시 군이 그들을 밀어내고 타임머신으로 뛰어갔다.

“리모컨은 어디 있어요?”

“확실하게 챙겨왔으니까 안심해.”

하누키 씨가 의기양양하게 쳐든 리모컨을 보고 아카시 군도 나도 할 말을 잃었다. 리모컨을 랩으로 둘둘 싸고 테이프로 단단히 고정해놓았다.

“이거 하느라 시간이 걸려서 늦어졌어. 그렇지만 좋은 아이디어 아냐? 이제 콜라가 쏟아져도 리모컨이 고장 날 염려가 없단 말이지.”

아카시 군과 나는 동시에 "안 돼요!"라고 소리쳤다.

"고장 나지 않으면 곤란하다고요."

"왜?"

"어제 리모컨이 고장 났으니까요."

하누키 씨는 입술을 삐죽 내밀고 "안 된다는데, 히구치"라고 말했다. 히구치 씨는 수염 난 얼굴을 쓸며 "좋은 아이디어라고 생각했건만"이라고 탄식했다.

"그래서 내가 그만두라고 했지."

조가사키 씨가 벽을 짚고 일어섰다.

"그런 짓을 하면 과거가 바뀐다고 내가 몇 번을 충고했는지. 그런데도 이 녀석들은 이해를 못 해. 하여간 위태위태해서 맡겨둘 수 없군. 앞으로 모든 지휘를 내가 맡겠다!"

그러더니 조가사키 씨는 우웩 하며 쓰러졌다.

"그래 가지고 어떻게 지휘하겠다는 건데?"

하누키 씨가 어이없다는 듯 등을 쓸어주었다.

좌우지간 시급히 리모컨에서 랩을 벗겨내야 했다. 아까부터 아카시 군이 악전고투중인데 물샐틈없이 꽉꽉 감아놓은 것이 거의 장인의 솜씨였다.

그녀는 얼굴을 들고 앞머리를 치웠다.

"가위가 있어야겠어요."

나는 209호로 뛰어 들어가 책상을 뒤져 가위를 들고 돌아왔다.

어느새 조가사키 씨가 아카시 군과 교대해 얼굴을 시뻘겋게 붉히며 리모컨과 격투하고 있었다. “여기 가위요”라고 말을 걸었지만 열중한 나머지 듣지 못한 듯했다.

“조가사키 선배, 가위를 쓰라니까요!”

그렇게 리모컨을 둘러싸고 소동을 벌이고 있을 때였다.

“이런이런, 다들 계시는군요.”

복도 저편에서 귀에 익은 새된 목소리가 들려왔다.

히구치 씨가 내 귓가에 대고 “저건 어느 아이지마지?” 하고 소곤소곤 물었다. 나는 “어제의 아이지마 선배입니다”라 대답하고 혀를 찼다. 아이지마 씨가 등장할 가능성을 까맣게 잊어버리고 있었다. 어제 영화 촬영이 끝난 뒤 바로 귀가한 줄로만 알았다.

“벌써 목욕탕에서 돌아온 거예요?”

그렇게 말하며 다가온 아이지마 씨는 복도의 타임머신을 발견하고 “어라!” 하고 중얼거리더니 빤히 바라봤다. “이게 뭐죠?”

우리는 말없이 서로를 바라봤다. 아이지마 씨가 의아한 표정을 지었다.

“이것 말이에요, 이거. 타임머신처럼 생겼는데요.”

“그런 건 아무래도 상관없고요.”

아카시 군이 억지로 화제를 바꾸었다.

“아이지마 선배, 뭐 두고 가신 물건이라도 있나요?”

“아, 응, 안경인데.”

그렇게 말하면서도 아이지마 씨는 타임머신에서 눈을 떼지 않았다.

"전 연기하는 캐릭터에 맞춰 안경을 바꾸거든요. 그럼 쉽게 역에 몰입할 수 있으니까요. 그래서 오늘 촬영하는 동안 내내 이 안경을 썼는데, 가는 길에 바꿔 끼려고 했더니 평소 쓰는 안경이 안 보이더라고요."

"그럼 제 방에 있겠군요."

나는 즉각 209호 문을 열었다.

"분실물은 제 방에 보관해뒀거든요. 자, 들어가시죠."

의도대로 아이지마 씨가 209호에 들어간 순간 나는 문을 닫고 손잡이를 붙들었다. "왜 가두는 건데?"라는 아이지마 씨의 목소리가 들렸다. 찰칵찰칵 움직이는 문손잡이를 꽉 잡은 채 나는 목소리를 낮추어 부르짖었다. "들켰어, 얼른 타임머신을 감춰!"

동료들은 타임머신을 둘러싸고 시끌시끌 떠들기 시작했다.

"어쩌지?"

"공용 베란다에 내다놓지."

"그래선 금세 들켜요."

"아예 다른 시대로 보내버릴까요?"

하지만 타임머신만 보냈다간 두 번 다시 돌아오지 않을 것이다.

히구치 씨가 "나한테 맡겨라"라며 타임머신에 올라탔다. "얼마 동안 다른 데 가 있다가 대충 타이밍 봐서 돌아오마."

오즈도 즉각 "저도 함께 가겠습니다"라며 올라탔다.

아무리 그래도 이건 위험하다 싶었다. 저렇게 황당무계한 이인조가 타임머신을 자유롭게 쓸 수 있게 하는 것은 시공 연속체에 대한 모독이다.

내 마음을 조가사키 씨가 대변해주었다.

"네놈들한테 어떻게 맡기냐!"

조가사키 씨는 두 사람을 끌어내고 자기가 타임머신에 올라탔다. 하누키 씨가 달려와 말했다.

"무리라니까, 조가사키. 너 멀미하잖아."

"이놈들을 태우느니 내가 탄다. 제발 부탁이니까 괜한 짓 하지 말아줘."

그때만큼 조가사키 씨라는 인물에게 공감한 적이 없다. 조가사키 씨 또한 몸을 던져 시공의 질서를 지키려 하고 있었다. 함께 역경에 맞서 싸우는 동료는 입장이나 성격의 차이를 초월해 강한 유대로 맺어지는 법. "십 분쯤 지나 돌아오세요"라는 내 말에 조가사키 씨는 조종석에서 힘차게 엄지를 쳐들었다.

"꼭 돌아오마. 나한테 맡겨."

타임머신이 웅웅거리기 시작한 뒤 조가사키 씨는 조작 패널에 다시 한 번 시선을 돌렸다. 그 순간 뭔가 엄청난 것을 깨달은 듯 얼굴에서 핏기가 싹 가셨다.

"어이, 이거……."

비통한 신음 소리는 도중에 끊겼다.

타임머신은 빛, 바람과 함께 사라졌다.

아이지마 씨가 문을 열고 얼굴을 내밀었을 때 타임머신은 그림자도 없었다. 회오리바람의 흔적이 풍경을 시끄럽게 흔들 뿐이었다.

아이지마 씨는 원망스레 말했다.

"문이 안 열리던데."

"저런, 그랬습니까. 가끔 그럴 때가 있더라고요."

"누가 문을 막는 느낌이던데."

"왜 그런 짓을 하겠습니까, 아하하."

나는 동료들에게 눈짓을 했다. 이렇게 된 이상 잡아떼는 수밖에 없다.

히구치 씨와 하누키 씨, 아카시 군은 사이좋게 소파에 앉아 생글생글 웃었다. 오즈와 다무라는 잡동사니 무더기에 파묻혀 생글생글 웃었다. "조가사키 씨는?" 하고 아이지마 씨가 묻기에 나는 "급한 볼일이 생겨 돌아갔습니다"라고 대답했다.

아이지마 씨는 방에서 나오더니 "어라!" 하고 작은 소리로 말했다.

"타임머신이 없잖아."

"타임머신이라뇨?"

"아까 여기 있었잖아. 내가 똑똑히 봤어."

"그런 게 있었나요?"

내가 짐짓 고개를 갸웃하자 동료들도 같이 고개를 갸웃했다.

아이지마 씨는 자신이 없어진 모양이었다. "이상하네."

"꿈이라도 꾸신 거 아니에요?"

키득키득 웃는 다무라를 아이지마 씨는 미심쩍게 쳐다봤다.

"……그런데 넌 누구고?"

"저요?" 다무라가 어리둥절한 표정을 지었다.

"초면 맞지? 자연스럽게 대화에 끼고 있지만."

즉각 아카시 군이 "오즈 선배 사촌이에요"라고 거들었다. "여름방학을 이용해서 대학을 견학하러 온 거예요."

"아, 네, 맞아요. 다무라라고 합니다."

다무라는 장단을 맞춰 오즈와 사이좋게 어깨동무를 했다.

아카시 군이 "안경은 찾으셨어요?"라고 묻자, 아이지마 씨는 "그게 아무 데도 없지 뭐야"라고 화난 듯 대답하고는 복도에 쌓인 잡동사니를 뒤지기 시작했다. 타임머신이 돌아오기 전에 가줘야 하는데 아이지마 씨는 좀처럼 갈 생각을 하지 않고 다무라와 잡담을 하기 시작했다.

"그래서 대학은 어땠어? 의외로 따분해 보이지 않았어?"

"음, 글쎄요. 듣고 보니 그런 것 같네요."

"다들 그렇게 생각하거든."

아이지마 씨는 득의양양하게 고개를 끄덕였다.

"그건 네가 아직 네 가능성을 시험해보지 않았기 때문이야. 혹시 우리 대학에 들어오게 되면 신입생 환영회 시기에 시계탑 밑에 가 봐. 거기서 온갖 동아리가 신입생을 맞이하려고 기다리니까. 무한한 미래로 이어지는 문이 열려 있어. 학창시절을 유익하게 보내고 싶으면 동아리에 들라고. 방관자처럼 밖에서 바라만 봐서는 미래를 개척할 수 없어."

"그렇지만 전 딱히 관심 있는 동아리가 없는데요."

"관심없어도 들어."

아이지마 씨는 안경 렌즈를 빛내며 날카롭게 말했다.

"아니면 넌 무익하기 그지없는 사 년간을 보내게 될 테니까. 가령 이런 다다미 넉 장 반 연립에 혼자 틀어박힌다 치자. 이런 곳에 무슨 가능성이 있겠어? 이곳엔 사랑도 모험도 없어. 아무것도 없어. 어제는 오늘과 같고 오늘은 내일과 같아. 딱 아무 맛도 안 나는 어묵 같은 하루하루라고. 그런데 살아 있다고 할 수 있겠어?"

"아무리 그래도 말이 지나칩니다" 나는 단호히 항의했다. "나름대로 풍미는 있다고요."

아이지마 씨는 가차없이 "그런 건 그냥 변명이고"라고 말했다.

"밖으로 한 걸음 나가면 세계는 풍부한 가능성으로 가득 차 있어. 너 자신이 가능성으로 가득 차 있으니까. 너란 인간의 가치는 그 무한한 가능성에 있는 거야. 물론 장밋빛 생활이 기다린다는 보증은 없지. 괴상망측한 종교 동아리에 걸려들지도 모르고, 동아리의 내분에 말려들어 깊은 상처를 입을지도 몰라. 하지만 난 이렇게 말하고 싶어. 그래도 된다고. 온 힘을 다해 가능성을 살아가는 게 청춘이니까."

지극히 옳은 말씀이라 할 일장 연설이었다. 온갖 불가능성에 에워싸여 다다미 넉 장 반에서 나오고 싶어도 나오지 못하는 인간에게는 뜨끔한 소리다.

하지만 감명받고 있을 때가 아니었다. 아까부터 아카시 군의 움직임이 기묘했다. 안절부절못하면서 바닥을 둘러봤다가 벽 근처 잡동사니를 훑어봤다가 했다.

"왜·그·러·는·데?"

나는 소리를 내지 않고 물었다.

"리·모·컨·은?" 아카시 군도 소리를 내지 않고 물었다.

"어이, 너, 안경 좀 찾아놔줄래?" 아이지마 씨가 내게 말했다. "이건 어디까지나 연기용 안경이거든. 기분을 바꿀 수 없어서 난감해. 내일 오후에 가지러 올 테니까 그때까지 찾아놔줘."

"맡겨만 주세요. 꼭 찾아놓겠습니다."

내 장담에 그제야 아이지마 씨가 떠났다.

그의 모습이 계단으로 사라지자마자 아카시 군과 나는 서둘러 주위를 뒤지기 시작했다.

"왜 그러는데?"

하누키 씨가 소파에서 몸을 일으켰다.

"리모컨이 없습니다. 이상하네."

히구치 씨와 하누키 씨가 "그거 큰일이잖아"라며 일어서고 오즈와 다무라도 "큰일 났다, 큰일 났어"라며 복도를 돌아다녔다. 그리고 그들은 잡동사니를 마구 헤집기 시작했다.

"여러분, 부디 조심해주세요!" 아카시 군이 황급히 소리쳤다. "과거를 어지럽히면 안 돼요!"

복도를 한바탕 수색했지만 아이지마 씨의 안경이 나왔을 뿐 에어컨 리모컨은 어디에도 없었다. 아카시 군이 한숨을 쉬었다.

"조가사키 선배가 가져가셨군요. 아까 워낙 어수선했으니까요."

히구치 씨가 "그 녀석도 믿음직한 것 같으면서 영 믿음직하지 못한 사내니 말이지"라고 하자 하누키 씨가 "너한테만은 그런 말 듣고 싶지 않을걸"이라며 웃었다.

"그나저나 어쩌지? 얼른 돌아와주지 않으면 곤란한 거 아냐?"

현재 오후 5시 반이 지났다. 콜라 사건이 일어나기까지 이제 삼십 분도 남지 않았다.

타임머신이 사라지기 직전에 조가사키 씨가 보인 기묘한 표정이 마음에 걸렸다. 그는 조작 패널을 보고 몹시 놀란 듯했다. 대체 왜 그랬을까 하고 내가 고개를 갸웃하고 있으려니 히구치 씨가 "목적지를 보고 놀랐겠지"라고 말했다.

"히구치 선배, 어디 가려고 하셨는데요?"

"구십구 년 전에."

히구치 씨 말을 듣고 그 자리에 있던 모든 이가 할 말을 잃었다.

"기왕 가는 거 아주 오래전으로 가보자 싶었거든. 조가사키한테 일러주려고 했는데 그 전에 떠나버렸지 뭔가. 하지만 그 녀석한테도 책임은 있어. 나를 밀쳐내고 타임머신에 탔으면 자기 눈으로 목적지를 확인했어야지."

"구십구 년 전이면 다이쇼 시대잖습니까!"

"아무렴."

그때 다무라가 머뭇머뭇 손을 들었다.

"저, 그건 좀 큰일 아닌가요? 당시 이 주변은 늪이었거든요. 집주인한테 들은 이야기인데요."

다이쇼 시대에 이 일대는 아직 민가도 별로 없이 잡목림과 논밭이 펼쳐져 있었다 한다.

현재 시모가모 유스이 장이 있는 땅은 큰 늪이었다. 긴 머리 같은 물풀이 검푸른 수면을 빽빽하게 메워 낮에도 음산한 곳이었다.

어느 늦여름 저물녘, 한 남자가 강 건너 의사를 찾아갔다 돌아오는 길에 늪 앞을 지났다. 석양 아래 늪은 흡사 피를 흘린 것처럼 붉게 물들어 평소보다도 한층 무시무시했다. 되도록 빨리 지나가려고 걸음을 재촉하는데 늪에서 불어온 비릿한 바람에 실려 기묘한 목소리가 들려왔다.

“우웨에, 우웨에, 우웨에.”

목소리가 들리는 방향으로 시선을 돌린 남자는 겁에 질렸다.

석양에 번득이는 늪 한복판에 무시무시한 괴인이 떠 있었다. 멀리서도 알 수 있을 만큼 거대한 몸뚱이는 암녹색 물풀로 빽빽하게 덮였는데, 입에서 뭔가를 토해내며 연신 “우웨에” 하고 신음하고 있었다. 지나가는 이를 늪으로 끌어들인다는 갓파가 틀림없었다.

혼비백산한 남자는 도망치듯 마을로 돌아와 “갓파다! 갓파다!” 하고 여기저기서 소란을 피웠다.

전부터 갓파가 나온다는 소문에 벌벌 떨던 마을 사람들은 즉각 남자의 부름에 호응해 저마다 무기를 들고 늪으로 달려갔다. 그런데 그때 눈부신 빛이 주위를 가득 메우고 무시무시한 바람이 불어닥쳐 마을 사람들을 쓰러뜨렸다. 공포에 질려 도망친 이도 있었다. 괴이한 빛과 바람이 잦아들고 나니 괴인의 모습은 사라지고 석양에 붉게 물든 늪 수면 위로 미지근한 바람이 불 뿐이었다.

구십구 년 전 다이쇼 시대에 이 연립은 존재하지 않았다. 뿐만 아니라 이 연립이 선 토지조차 존재하지 않았다. 여기는 늪이었던 것이다. ‘유스이幽水 장’이라는, 학생 하숙에 어울리지 않는 음침한 이 연립의 이름도 늪에서 유래한다.

만일 조가사키 씨가 여기 연립 2층에서 타임머신에 탑승해 정확히 구십구 년 전 같은 지점으로 이동했다면.

"갓파가 조가사키 선배일지도."

다무라의 말에 주위는 숨 막히는 침묵에 싸였다.

그때 아래층에서 큰 소리가 들려왔다.

"조가사키가 돌아온 거 아냐?" 하누키 씨가 말했다.

우리는 복도를 달려가 계단을 엿보았다. 1층은 얼마동안 고요했으나 이윽고 젖은 천으로 바닥을 때리는 듯한 소리가 다가왔다. 찰싹…… 찰싹…… 찰싹……. 계단을 올라온 것은 갓파 전설에서 이야기하는 대로 온몸에 물풀을 감은 거한, 구십구 년 전의 늪에서 생환한 조가사키 씨였다. 그는 타임머신을 두 팔로 안고 한 발 한 발 계단을 힘주어 밟으며 올라왔다.

2층에 다다르자 조가사키 씨는 타임머신을 천천히 바닥에 내려놓았다.

그는 "우웩" 하고 토한 다음 얼굴에 엉긴 물풀을 불쾌한 듯 뜯어냈다. 눈이 분노로 불타고 있었다. 그리고 다음 순간 그는 히구치 세이타로에게 사납게 덤벼들었다.

"이게 지금 누굴 죽이려고!"

나는 오즈와 다무라의 도움을 받아 조가사키 씨를 뒤에서 붙들었다.

조가사키 씨는 우리 빈약한 삼인조를 마구 떨쳐내며 "늪에 빠졌다고!"라 고함쳤다. "멀미해서 토하지! 물풀은 엉기지! 타임머신은 가라앉지! 하마터면 죽을 뻔했단 말이다! 사과해! 나한테 사과해!"

살아 돌아올 수 있었던 것이 기적이고 화내지 않으면 그게 이상하다.

히구치 씨가 바닥에 손을 짚고 머리를 조아렸다.

"미안하다. 이렇게 빈다."

"넌 두 번 다시 타임머신을 건드리지 마라."

"이 기회에 한번 시험해보고 싶었어."

"한 번 더 말하는데 넌 두 번 다시 타임머신 건드리지 마라."

조가사키 씨의 모습은 처참했다. 악취를 풍기는 늪의 물로 온몸이 흠뻑 젖고 미끌미끌한 암녹색 물풀로 뒤덮여 있었다. 밤길에 마주치면 요괴로만 보일 것이다. 마을 사람들이 갓파라고 생각할 만도 했다. 다이쇼 시대에서 현대로 이어져 내려온 갓파 전설은 구십구 년 전의 늪에 빠진 조가사키 씨에서 시작된 것이다.

하지만 지금 중요한 것은 갓파 전설의 진상보다 리모컨이다.

"조가사키 선배, 리모컨 주세요."

내가 말하자 조가사키 씨는 "리모컨?"이라고 중얼거렸다.

"에어컨 리모컨 말입니다! 그럼 만사가 해결된다고요."

"아아, 그거! 물론 여기……."

조가사키 씨는 바지 주머니에 손을 댔다. 그러더니 동작이 딱 그쳤다. 입이 딱 벌어지고 얼굴이 순식간에 창백해졌다.

"떨어뜨렸다."

"떨어뜨렸다고요? 어디서 말입니까?"

"늪에서. 그 늪."

"얘가 진짜. 이제 어쩔 거야, 조가사키." 하누키 씨가 말했다.

"나도 목숨 건사하느라 힘들었다고!"

조가사키 씨는 비통하게 소리쳤다. "난 잘못 없어!"

리모컨은 이제 우리 손이 닿지 않는 곳에 있었다. 타임머신을 타고 가지러 간들 구십구 년 전의 늪에서 어떻게 리모컨을 찾아낸다는 말인가.

나는 절망해 "이제 다 끝났다"라고 중얼거렸다.

그때 다무라가 손뼉을 딱 쳤다.

"아, 좋은 생각이 났어요."

"뭔데?"

"요컨대 에어컨 리모컨이 있으면 되는 거죠? 209호 에어컨."

"그건 그런데……."

"글쿠나. 타임머신 좀 쓸게요."

그는 서둘러 타임머신에 올라탔다.

"다무라, 어쩌려고?"

"걱정 말고 저한테 맡겨주세요. 큰 배를 탔다 생각하고!"

다무라는 명랑하게 경례한 다음 이제는 익숙해진 섬광과 회오리바람을 남기고 사라졌다.

큰 배를 탔다 생각하라지만, 애초에 일련의 시공적 트러블을 일으킨 원흉이 다무라라는 점을 생각하면 밑 빠진 배를 탔다는 생각조차 들지 않는다. 우리는 불안한 기분으로 마주 봤다. 아카시 군의 걱정스러운 표정을 공용 베란다에서 비쳐드는 황혼의 빛이 비추었다. 드디어 '어제'라는 여름날이 끝나려 하고 있었다.

"아카시 군, 어제 헌책 시장에서 몇 시쯤 돌아왔어?"

"오후 6시 전에요. 현관으로 들어왔을 때 마침 집주인의 방송이 들렸거든요."

히구치 군, 히구치 세이타로 군, 와서 방세를 내요.

이다음 날 우리가 다시금 듣게 될 '하늘의 목소리'다.

아카시 군이 연립으로 돌아온 지 십 분쯤 뒤에 히구치 씨와 오즈, 조가사키 씨가 목욕탕에서 돌아왔다. 그리고 그들이 중앙 현관에서 신을 벗고 있을 때 하누키 씨가 퇴근길에 찾아왔다고 했다.

"그리고 마지막으로 내가 돌아왔다 이거지."

내가 중얼거리자 다른 이들이 의아한 표정으로 나를 쳐다봤다.

조가사키 씨도, 하누키 씨도, 히구치 씨도, 오즈도, 아카시 군도 '뭔 소리야?' 하는 표정이었다. 내가 "왜 그렇게 보는 겁니까?"라고 묻자 오즈가 "노망이라도 났어요?"라고 말했다.

"당신이 먼저 여기로 돌아왔는데요."

"잠깐. 무슨 소리지?"

"우리가 목욕탕에서 돌아왔을 때 당신은 여기 있었잖습니까."

"너야말로 노망난 거 아니냐. 목욕탕에서 먼저 나온 건 사실이지만 난 그 뒤 용건을 처리했다고. 여기로 돌아온 건 오후 6시 넘어서였어. 전원 모여 있었고. 그랬더니 갑자기 네가 '알몸 댄스를 춰라'라고 말했잖냐."

"선배, 그게 사실이에요?"

갑자기 아카시 군이 날카롭게 말했다.

"정말 저보다 나중에 여기로 돌아오셨어요?"

"그래. 구태여 거짓말할 필요가 없잖냐."

나는 당혹해서 아카시 군을 쳐다봤다.

힘을 잃어가는 황혼의 빛 속에 아카시 군은 눈살을 찌푸리며 입술을 깨물었다.

그 순간 복도를 빛이 메우고 무시무시한 바람이 몰아쳤다.

다무라가 돌아온 것이다.

"이거죠?"

조종석에서 다무라가 득의양양하게 들어 보인 것.

그건 바로 구십구 년 전의 늪에 빠졌을 리모컨이었다.

"저거예요!"

아카시 군이 가리키며 소리쳤다.

"왜 다무라가 갖고 있어?"

"실은 미래의 209호에서 가져온 거예요."

정확히는 다무라가 타임머신을 타고 출발한 여름에서 반년 뒤, 그 이듬해 3월말이다.

다무라가 그곳에 도착하니, 반년 뒤의 다무라 본인이 대표를 맡고 있는 '시모가모 유스이 장 타임머신 제작 위원회' 멤버들이 복도에 늘어서 맞이해주었다. 그들은 이미 사정을 파악하고 있어 에어컨 리모컨을 준비해놓고 기다리고 있었다.

"하하, 상대가 미래의 저니까 금세 이야기가 통하더라고요." 다무라가 웃으며 말했다.

여기서 놀랄 것은 사반세기 후의 시모가모 유스이 장 209호에서도 여전히 같은 에어컨을 쓰고 있다는 사실이었다.

"괜찮겠어? 너희는 리모컨을 쓸 수 없게 되는 건데."

"괜찮아요."

다무라는 웃는 얼굴로 말했다.

"사실은 시모가모 유스이 장을 헐고 새로 짓게 돼서요……. 3월 말까지 나가달란 말이 꽤 오래전부터 있었거든요. 이 에어컨은 옛날부터 209호에 있던 건데 제가 가져갈 순 없잖아요. 애초에 너무 낡았고 말이죠. 슬슬 은퇴해도 될 때예요."

"그래서 3월 말로 가지러 간 거군!"

"네. 이제 쓸 사람이 없어지는 셈이니까요."

"다무라, 너 굉장한데."

내가 말하자 다른 동료들도 "대단하군, 촌티가 나는데도" "다시 봤어, 얘, 촌티는 나지만" "존경하지 않을 수 없군요, 설령 촌티는 난다 해도" 등 저마다 칭찬했다. 다무라는 "이 시대 사람들은 다들 무례하군요"라며 쓴웃음을 지으면서도 타임머신에서 내려 내게 정중하게 리모컨을 건넸다.

"자요, 편하게 쓰세요."

이렇게 해서 리모컨은 내 손에 돌아왔다.

내가 그것을 냉장고 위에 놓자 자연히 박수가 터져나왔다.

구십구 년 전의 늪에 빠진 리모컨의 빈자리를 사반세기 후의 미래에서 가져온 리모컨이 채워 어제 상황을 완벽하게 재현했다. 얼마 동안 모두 숨죽이고 지켜봤다. 파탄 나나 싶었던 인과의 고리가 기적처럼 닫혀 우주의 파멸을 회피할 수 있었다. 너무나도 급작스러운 전개, 너무나도 아슬아슬한 해결이었다.

"슬슬 돌아가야 하지 않아?"

하누키 씨 말에 모두 정신이 들었다.

어느새 공용 베란다에 보이는 황혼의 빛이 사라져가고 있었다.

우리는 서둘러 타임머신에 올라타려 했다. 인원수가 많다 보니 전원이 탑승하려면 신중한 역학적 배려가 필요하다. 밀치락달치락하는 동안 아카시 군은 조종석에 쪼그리고 앉아 다이얼을 조작했다. 조가사키 씨가 히구치 씨를 밀쳐내며 "절대로 실수하면 안 돼, 아카시!" 하고 호소했다. 아카시 군은 "괜찮아요"라고 대답했다.

그런데 설정을 마치고 나서도 아카시 군은 조작 패널을 노려본 채 움직이지 않았다. 아무리 불러도 레버를 당기려 하지 않았다. 그녀가 갑자기 "역시 이상해!"라며 일어서는 바람에 우리는 균형을 잃고 바닥에 와르르 쏟아졌다.

아카시 군은 말없이 내 팔을 붙들더니 타임머신에서 멀어지면서 목소리를 낮춰 "모순이 있어요"라고 말했다.

"어제 제가 돌아왔을 때 선배가 여기 계셨어요."

"그럴 리 없어. 난 마지막으로 돌아왔으니까."

"그래서 생각했는데요, 어쩌면 그 선배는……."

복도 끝에서 귀에 거슬리는 찌걱찌걱 소리가 들려왔다. 천장의 스피커가 켜진 것이다.

"히구치 군, 히구치 세이타로 군. 와서 방세를 내요."

집주인의 엄숙한 목소리가 울려 퍼졌다.

타임머신에서 동료들이 불렀다.

"거기 뭐 해?"

"연애질하고 있을 때가 아니라고요."

"꾸물대면 놓고 간다."

아카시 군은 초조하게 손을 흔들어 보이고는 다시 나를 돌아봤다.

"선배는 여기 남으세요."

"왜! 어째서!"

"어제 여기서 저희 약속했단 말이에요!"

아카시 군은 호소하는 듯한 눈초리로 나를 쳐다봤다.

"저한테 같이 고잔오쿠리비를 보러 가자고 하세요. 그럼 모순이 없어져요."

아래층에서 중앙 현관이 열리는 소리가 들렸다. (어제의) 아카시 군이 헌책 시장에서 돌아온 것이다. 곧 계단을 올라와 이곳에 나타날 것이다. 한편 (오늘의) 아카시 군은 어안이 벙벙한 내게 고개를 끄덕이고는 휙 돌아서서 복도를 달려가더니 타임머신에 펄쩍 올라탔다. 그녀는 내게 손을 흔들었다.

"선배, 실패하시면 안 돼요."

"아니, 저, 아카시 군……."

"나중에 꼭 모시러 올게요!"

그러고는 타임머신이 사라졌다.

나만 혼자 '어제'에 버려진 것이다.

⁂

섬광과 회오리바람이 잦아들자 복도는 고요해졌다.

어제 여기서 저희 약속했단 말이에요!

타임머신이 사라지고 나서 나는 비로소 아카시 군이 한 말의 의미를 이해했다.

다시 말해 '어제의 나'보다 먼저 그녀에게 함께 고잔오쿠리비를 보러 가자고 청한 사람은 '오늘의 나'였던 것이다. 형언할 수 없는 기묘한 안도감을 느낀 것도 잠깐, 나에게 부과된 책임의 중대함을 깨닫고 전율했다. 여기서 내가 실패하면 우주는 멸망하는 것이다. 참으로 슬픈 일이로다.

어둑어둑해진 복도에 형광등 불이 들어왔다.

"선배?"

목소리에 정신이 들었다.

아카시 군이 이쪽으로 걸어왔다.

아무런 각오도 못 했는데 무대 중앙으로 밀어내진 아마추어 배우처럼 나는 아카시 군을 쳐다보며 입만 뻐끔거렸다. 아카시 군이 "목욕탕에서 돌아오셨군요. 다른 분들은요?" 하고 물어도 말이 나오지 않았다. 아카시 군도 이상하게 여긴 듯 "무슨 일 있으세요?"라며 눈살을 찌푸렸다.

나는 숨을 크게 들이마시고 가까스로 말했다.

"아니, 아무 일 아니야."

"정말요?"

"괜찮아. 좀 피곤한 것뿐이야."

"고생 많으셨어요. 보람찬 하루였죠."

"다른 사람들도 금방 돌아올 거야. 헌책 시장은 어땠어?"

아카시 군은 기쁜 표정으로 책이 든 봉투를 들어 보였다. "급하게 돌아봤는데 아무래도 시간이 모자라서요. 내일도 갈까 해요."

"가게가 워낙 많으니까."

"맞아요. 정말 얼마나 많은지."

아카시 군은 소파에 앉아 꿈꾸듯 말했다.

나는 벽에 몸을 기대고 그녀를 바라봤다. 히구치 씨와 오즈가 목욕탕 오아시스에서 돌아오기 전에 이야기를 끝내야 한다. 하지만 어떻게 말을 꺼내는 게 정답인가. 아카시 군 본인에게 자세한 이야기를 들어놓을 걸 그랬다고 후회해봤자 이미 늦었다.

속으로 고민하는데 아카시 군이 중얼거렸다.

"다음 영화는 어떻게 할까요?"

"벌써 다음 작품을 생각해? 급하기도 하지."

"자꾸자꾸 앞으로 나아가는 게 좋아요. 멈춰 서면 고민하거든요."

아카시 군은 진지한 표정으로 말했다. "뭐 좋은 아이디어 없으세요?"

그런 질문을 받으니 기분이 나쁘지 않았다. 생각해보면 오즈, 아카시 군과 함께 영화 〈막부 말기 연약자 열전〉을 구상한 지난 몇 달 동안은 오랜만에 기분이 밝았고 발전적으로 뭔가를 하고 있다는 느낌이 들었다. 그건 게이후쿠 전철 연구회를 둘러싼 분쟁 이후 먹구름이 깔려 있던 다다미 넉 장 반 세계에 비쳐든 한 줄기 광명이었다.

어느새 나는 "이런 건 어떨까" 하고 입을 뗐다.

"어느 날 아침, 한 남자가 다다미 넉 장 반에서 깨어나. 여느 때와 같은 자기 방인데 어째 영 불안한 느낌이 든단 말이지. 공동변소로 가려고 문을 열었더니 거기에 연립의 복도 대신 마치 거울에 비친 듯한 다다미 넉 장 반이 있어. 그 다다미 넉 장 반의 창 너머에도 다다미 넉 장 반이 있어. 가고 가고 또 가도 다다미 넉 장 반이 무한히 늘어서 있어. 어느새 남자는 광대한 다다미 넉 장 반 세계에 버려진 거였어. 남자는 어떻게든 원래 세계로 돌아가려고 다다미 넉 장 반 세계를 탐험하기 시작하는 거지."

아카시 군이 몸을 내밀었다.

"그래서 어떻게 되는데요?"

"아직 생각 안 해봤는데."

아카시 군은 "에이"라며 웃었다.

"전에 그런 꿈을 꾼 적이 있거든."

"괴상망측한 꿈을 꾸시네요."

아카시 군은 말했다. "부러운데요. 전 맨날 진지한 꿈만 꾸는데."

아니, 이런 이야기를 할 때가 아니다.

아카시 군에게 고잔오쿠리비를 함께 보러 가자고 청하는 것은 곧 우주를 구하는 일이다. 우리 우주의 운명이 내게 달린 지금 전략적 후퇴 같은 물러빠진 선택은 용납되지 않는다.

하지만 만에 하나 실패한다면?

"왜 그래야 하는데요?"라는 말을 듣는다면?

어찌하여 이렇게 부담을 느껴야 하는가. 여기에 한 인간이 있고 그가 또 한 인간에게 호감을 느껴 '같이 바람이라도 쐬러 갑시다'라고 말하는, 그냥 그것뿐 아닌가. 지금까지 인류가 해온 일이고 앞으로도 인류가 할 일이며 평범한 것으로 따지자면 이 이상 평범한 일이 없다. 어째서 그런 평범한 일이 이렇게까지 쉽지 않은가.

입이 바싹 말랐다. 나는 장식품처럼 굳어버렸다.

아카시 군이 옆을 돌아보며 귀를 기울였다.

"아, 스승님이 돌아오셨나 봐요."

아래층에서 떠들썩한 목소리가 들려왔다.

저 성가신 인간들이 나타나면 아카시 군에게 말을 꺼낼 수 없게 된다. 바야흐로 주저할 시간이 없다. 낭떠러지에서 뛰어내리는 심정으로 "아카시 군" 하고 말하자 그녀는 산뜻한 목소리로 "네"라고 대답했다. "왜요?"

"고잔오쿠리비를 구경하러 갈까 하는데."

"그거 괜찮겠네요."

"아카시 군도 같이 가면 어때?"

나는 숨을 멈추고 대답을 기다렸다.

아카시 군은 놀란 듯 나를 쳐다봤다.

그녀가 동요할 만도 했다. 어째서 대화의 흐름을 더 자연스럽게 풀지 못하나. 몇 초간의 침묵이 두렵고 길게 느껴졌다. 아카시 군은 거절할 생각일까. 역시 나는 실패한 걸까. 당장이라도 눈앞의 공간에 균열이 생겨 시모가모 유스이 장을 중심으로 우주가 붕괴할 것 같았다. 잘 가라, 우주, 잘 가라, 아카시 군.

내가 죽음을 각오하기 직전에 우주의 위기가 회피됐다.

아카시 군이 고개를 끄덕여준 것이다.

"알았어요."

"괜찮겠어?"

나는 숨을 크게 내쉬었다.

"그래. 다행이네. 응."

안심한 나머지 별말이 나오지 않았다.

복도 저편 계단에서 오즈가 나타났다. 히구치 씨, 조가사키 씨, 그리고 하누키 씨도 있었다. 그들은 내가 온 우주의 운명을 건 싸움을 벌인 줄도 모르고 즐겁게 떠들고 있었다. 하누키 씨가 우리를 보고 "야호" 하며 손을 흔들었다.

"혹시 몰라서 여쭤보는데요."

아카시 군은 하누키 씨에게 손을 흔들며 목소리를 낮추고 말했다.

"다 같이 가는 건가요? 아니면 둘이서?"

"모쪼록 둘이 가는 방향으로."

"그렇군요."

"그러니까 저 사람들한테는 비밀로 해줘."

"아, 네, 비밀, 그야 물론, 네, 그편이, 네, 그렇죠."

아카시 군은 당황한 것처럼 몇 번씩 고개를 끄덕였다.

시간 여행자로서 맡은 임무는 완수했다.

그러나 나는 어떻게 미래로 돌아가면 되나.

나중에 꼭 모시러 올게요!

아카시 군은 그렇게 말했지만 여기로 마중 올 것 같지는 않다. 콜라 사건이 일어난 뒤 새벽까지 에어컨의 죽음을 애도했다. 쉴 새 없이 연립 주민들이 드나드는데 타임머신을 탈 수 있을 리 없다.

어쨌거나 여기서 탈출해야 한다. '어제의 나'가 나타나면 엄청난 혼란이 벌어질 것이다.

"목욕하니까 기분 좋군요."

오즈가 수건을 팔랑팔랑 흔들며 말했다.

"왜 먼저 간 거예요?"

"볼일이 좀 있어서."

"그래서 그 볼일이란 건 보셨고?"

"음, 뭐. 그냥 별일 아니었어."

내 말에 오즈는 "흐흐흥" 하며 괴상망측한 웃음을 지었다.

하누키 씨는 소파에 앉아 페트병을 직접 입에 대고 콜라를 마시고 있었다. 히구치 씨는 210호 문을 열어젖혀놓고 어둑어둑한 실내에서 꾸물거리고 있었다. 아카시 군이 그의 등에 대고 "스승님, 아까 집주인이 호출하시던데요"라고 말했다. 히구치 씨는 신음하듯 "방세 때문이겠지"라고 했다. 조가사키 씨는 목욕탕에서 산 타월로 땀을 닦으며 "더워 죽겠군"이라 투덜거리더니 아무렇지도 않게 209호 문을 열고 에어컨을 켰다.

하누키 씨가 냉장고 위에 콜라를 놓고 기지개를 켰다.

"너희는 이제 어떻게 할 거야?"

"스승님은 뒤풀이에 간다고 하셨어요."

아카시 군이 말했다. "반성회를 겸해서요."

"그럼 나도 갈래. 촬영 이야기 해줘."

히구치 씨와 조가사키 씨가 저녁으로 뭘 먹을지 의논하기 시작했다. 아카시 군이 "선배도 가실 거죠?"라고 물었지만 나는 "아니"라며 고개를 흔들었다.

"난 좀 볼일이 있어서."

이 틈에 도망쳐야 한다.

그런데 내가 걸음을 떼자마자 오즈가 두 팔을 벌리며 막아섰다.

"잠깐만요."

"뭐야, 비켜."

"왜 돌아왔다가 또 나가는 겁니까?"

"볼일이 있다니까."

"아까 볼일 봤다고 했잖아요."

"그건 그러니까 다른 볼일이야. 난 바쁜 사람이라고."

"아까부터 영 이상한데요. 뭔가 숨기는 게 있군요?"

오즈는 과장되게 한숨을 쉬었다. "왜 솔직하게 말해주지 않는 건데요? 우리는 마음의 벗이잖아요?"

"너한테 그런 지위를 준 적 없다만."

"또 그런 심한 말을."

오즈는 토라지는 척한 다음 씩 웃었다.

"여자가 생겼군요?"

"그, 그, 그럴 리 있냐."

"당신에 관해선 내가 다 안다고요."

성가시다 못해 기절할 것 같았다. 밀쳐내고 나가려 했지만 오즈는 연체생물처럼 엉겨붙으며 "너무해요, 너무해요" 하고 우는 시늉을 했다.

"나를 두고 대체 어디서 굴러먹던 개뼈다귀 여자를."

"야, 제발 좀 보내줘라. 얼른 안 가면 큰일 난다고!"

하누키 씨가 "완전히 치정 싸움이네"라며 웃었다. 한바탕 몸싸움을 벌인 뒤 오즈는 비로소 "할 수 없군요"라며 손을 뗐다.

"저도 악마는 아니니까 그렇게까지 말한다면 보내드리죠. 그렇지만 대가는 받아야겠습니다. 벌칙 게임을 합시다."

"뭘 하라는 건데."

"그야 당연히 알몸 댄스죠."

"왜 그런 걸 해야 하는데!"

"그쯤은 해줘야 제 마음의 상처가 아무는걸요. 목욕바구니 어디 있어요? 목욕바구니로 아랫도리를 가리는 게 전통적인 알몸 댄스인데요."

어떻게 해서라도 이 난국을 타개하고 탈출해야 한다.

나는 애써 지혜를 쥐어짰다.

"좋아, 알았다. 내 비밀을 알려주지."

오즈는 "오오" 하며 재미있다는 표정을 지었다.

"그거 꼭 알고 싶군요."

"다들 공용 베란다로 나와봐. 그럼 알게 될 테니까."

나는 의미심장하게 손짓해 전원을 공용 베란다로 데리고 나왔다.

날이 저물어 주위 공기는 물에 가라앉은 것처럼 푸르스름했다.

걷어가지 않고 그냥 널어둔 시트를 헤치고 지나 나는 녹슨 난간 밖으로 몸을 내밀며 주인집 정원을 가리켰다. "저기 뭐가 보이지?"

다른 사람들은 의아해하며 난간으로 다가왔다.

"주인집 정원이잖아요?"

"케차가 있군."

"맞습니다. 케차가 뭘 하고 있죠?"

"어째 열심히 땅을 파는 것 같은데."

"사실은 그게 아닙니다. 더 잘 보세요."

모두 일제히 몸을 내밀고 정원을 쳐다봤다.

나는 조용히 뒤로 물러나 재빨리 시트를 헤치고 복도로 돌아왔다.

연립에서 탈출하고 싶어도 이제 곧 '어제의 나'가 돌아올 것이다.

현관에서 마주칠 위험을 무릅쓸 수는 없다. 그렇다고 복도에 숨을 곳도 없다. 나는 209호로 뛰어들어 벽장에 들어가 안에서 문을 닫았다. 구겨진 옷가지와 상자, 음란 서적 속에 파묻혀 숨죽이고 있으려니 복도에서 나를 찾아다니는 소리가 들렸다.

그 뒤 일어난 사건은 독자도 이미 알 것이다.

시모가모 유스이 장으로 돌아와 현관으로 들어서니 2층에서 떠들썩한 목소리가 들려왔다.

"그 사람 어디 갔답니까?"

오즈의 새된 목소리가 한층 크게 들렸다.

목욕탕에서 돌아온 뒤로도 다른 사람들과 놀고 있는 모양이다.

계단을 올라가 걸어가니 복도 안쪽에 히구치 씨와 오즈가 얼쩡거리고 있었다. 조가사키 씨와 하누키 씨도 있었다. 다들 공용 베란다를 내다보고 방문을 열고 잡동사니 무더기를 뒤지는 등 뭔가 찾는 듯했다. 묘하게 시원한 바람이 분다 했더니 209호 문이 활짝 열려 있었다. 또 내 에어컨을 멋대로 쓰는 것이다. 노여움을 터뜨리려 했을 때 공용 베란다에서 아카시 군이 나타났다. 내가 카모 강에서 상심을 달래는 동안 헌책 시장에서 돌아온 모양이었다.

"선배!" 나를 본 그녀가 놀라 말했다.

뭘 그렇게 놀라는 걸까.

"왜? 무슨 일 있어?" 나는 멈춰 섰다.

아카시 군의 목소리를 듣고 그 자리에 모여 있던 히구치 씨와 오즈, 조가사키 씨, 하누키 씨가 모두 나를 돌아봤다. 다들 놀라 "아아" "오오" 하고 탄성을 질렀다. 그들의 시선은 내가 옆구리에 낀 목욕 바구니에 쏠려 있었다. 지금까지 느껴본 적 없는 존경심마저 담긴 시선이었다.

"그래, 그렇단 말이지. 만반의 준비를 갖췄다 이거지."

하누키 씨가 말했다. "이거 반하겠네."

조가사키 씨마저 '사람 다시 봤다'라는 표정이었다. "분위기 띄울 줄 아는군, 너."

나는 일단 조가사키 씨에게서 리모컨을 빼앗아 209호 에어컨을 껐다. "허락도 없이 쓰지 마세요"라고 하며 리모컨을 소형 냉장고 위에 놓았다. 그곳에는 반쯤 남은 콜라 페트병이 있었다.

아카시 군이 걱정스레 말했다.

"선배, 정말로 하시려고요?"

"하다니, 뭘?"

"뭐라뇨…… 그게…… 그러니까……."

"자, 댄스를 보여주시는 겁니다!"

오즈가 내 팔을 잡아 복도 중앙에 세웠다. 다른 사람들은 소파에 앉거나 둥근 의자를 가져와 앉아 기대 어린 눈으로 나를 바라봤다.

나는 목욕바구니를 안은 채 어안이 벙벙해서 그들을 둘러봤다. 제군은 내게 뭘 기대하는 건가?

"댄스라니, 무슨 댄스?"

"왜 이러세요, 아까 말했잖습니까?"

오즈가 히죽거리며 외쳤다. "알몸 댄스 말입니다!"

"알몸 댄스? 내가 왜?"

"허허, 꽤나 빼는군."

히구치 씨가 턱을 쓰다듬으며 말했다.

조가사키 씨가 얼굴을 찌푸렸다.

"어이, 볼썽사납게 질질 끌기냐. 할 거면 사내답게 딱 해치우라고."

"우리가 눈 똑바로 뜨고 봐줄게." 하누키 씨가 말했다.

"아니, 그러니까 무슨 이야기인지 전혀 모르겠다니까요."

어쩔 줄 몰라 아카시 군을 보니 그녀는 히구치 씨 뒤에 숨어 있었다. 수줍음과 체념과 약간의 지적 호기심이 뒤섞인 복잡 미묘한 표정이었다.

"소도구도 벌써 갖고 있잖습니까."

오즈는 내 목욕바구니를 가리켰다.

"그걸, 자요, 요렇게 해서 춤추면 되겠네요."

그는 눈에 보이지 않는 목욕바구니로 아랫도리를 가리며 시범을 보였다.

사악한 웃음을 띠고 춤추는 오즈의 모습을 지금도 선명하게 떠올릴 수 있다. 그야말로 '악의 화신' 그 자체였다. 실제로 오즈의 악마적인 댄스는 내 미래를 망치는 데 그치지 않고 온 우주를 파멸의 위기에 몰아넣는 결과를 가져왔다.

오즈가 오른팔로 냉장고를 치는 바람에 콜라 페트병이 넘어졌다. 검게 거품이 이는 액체가 쏟아져 바닥으로 흘러내렸다.

아카시 군이 "리모컨!" 하고 소리쳤다.

내가 오즈를 밀쳐내고 달려갔을 때는 이미 일이 벌어진 뒤였다.

리모컨은 콜라에 젖어 기능을 완전히 상실하고 말았다.

8월 11일의 콜라 사건은 그렇게 벌어졌다.

그리고 어제의 나는 알 길이 없었지만, 사건이 일어나는 동안 미래에서 온 또 하나의 내가 209호 벽장에 숨어 있었다.

"그래, 그렇게 된 거였군."

어둠 속에서 나는 홀로 중얼거렸다.

"……그래서 이제 어쩌지?"

3

다시 8월 12일

아카시 군과 처음 말을 주고받은 것은 올해 2월이다.

그날 나는 마스가타 상점가로 가서 살 것을 산 다음 눈범벅이 되어 집으로 향하고 있었다. 가모 큰다리에서 보이는 히에이 산도, 길게 뻗은 카모 강 제방도, 카모 강 델타의 솔숲도, 가루설탕을 뿌린 것처럼 하얘서는 평소보다도 고도古都의 고요함이 사무쳤다.

나는 꽤나 음울한 얼굴이었을 것이다.

작년 늦가을에 게이후쿠 전철 연구회에서 추방되어 바야흐로 찾아오는 이라곤 오즈 한 사람뿐. 오즈조차 2층에 사는 히구치 세이타로를 찾아온 김에 얼굴을 내미는 것뿐이었다. 오즈가 "여자 후배가 생겼지 뭡니까"라느니 자랑을 늘어놓는 것을 들으며 전기히터에 손가락을 쬘 뿐인 무미건조한 생활. 뼛속까지 추위가 스며드는 다다미 넉 장 반으로 돌아갈 생각을 하니 기분이 암담해졌다. 대체 나는 앞으로 어떻게 살아가게 될 건가. 지평 너머를 아무리 찾아봐도 무익하기 그지없는 다다미 넉 장 반 세계는 끝이 보이지 않았다.

그날 돌아오는 길에 문득 생각나 다다스 숲 마장에 들렀다.

남북으로 길게 뻗은 마장은 눈으로 뒤덮여 있었다. 8월이면 헌책시장의 텐트가 가득 들어찰 광장도 지금은 그저 순백의 공허였다.

나는 눈 속에 멈춰 서서 한숨을 쉬었다.

눈 내리는 소리마저 들릴 것처럼 고요했다.

그때 앞을 걷는 한 여자를 발견했다. 빨간 목도리를 두르고 가방을 들었다. 눈에 익은 뒷모습이었다. 시모가모 유스이 장에서 몇 번 본 적이 있다.

얼마 있다가 그녀는 눈에 발이 걸려 콰당 넘어졌다.

놀라 달려가려 했지만 내가 다다르기도 전에 일어섰다. 그러고는 침착하게 몸에 묻은 눈을 털고 걷기 시작했다.

안심한 것도 잠깐, 십 초쯤 걷고 나서 그녀는 또 다시 화끈하게 콰당 넘어졌다. 나는 다시 달려가려 했지만 이번에도 도움은 필요 없었다. 그녀는 금세 일어나 눈을 디디며 걸음을 뗐다. 흡사 '불굴의 정신' 그 자체처럼 순백의 공허를 걸어갔다.

문득 발밑을 보니 작은 곰 인형이 눈에 파묻혀 있었다. 스펀지로 만든 회색 곰은 궁둥이가 갓난아기처럼 몰랑했다.

나는 "저기요" 하고 불렀다.

"인형 떨어뜨리셨는데요."

그녀는 멈춰 서서 뒤돌아보더니 가방을 뒤져보고 놀란 표정을 지었다.

나는 곰 인형을 높이 쳐들고 눈을 밟으며 다가갔다. 그녀는 인형을 받아 들고는 하얀 입김을 불며 "고맙습니다"라고 말했다. 철학자처럼 심각한 표정으로 일심불란하게 인형을 주물렀다.

나는 그건 뭔가요? 하고 물었다.

그녀는 눈썹을 누그러뜨리며 웃었다.

"찰떡곰이에요."

그녀는 같은 곰을 색깔별로 다섯 개 갖고 있는데 '보들보들 전대찰떡곰맨'이라는 이름을 붙여 애지중지한다고 했다. '찰떡곰'이라는 나이스한 이름도 잊을 수 없었지만 그녀가 '찰떡곰이에요'라며 웃은 얼굴은 한층 더 잊을 수 없었다.

8월 12일, 오후 6시.

슬슬 아카시 군과 다른 이들이 타임머신을 타고 돌아올 때다.

나는 시모가모 유스이 장 복도에서 벽에 몸을 기대고, 소파에 앉은 아이지마 씨와 마주 보고 있었다. 관계자 일동이 타임머신을 남용해 '오늘'과 '어제'를 왔다 갔다 하는 동안, 아이지마 씨만은 현재에 남아 떠들썩한 소동을 냉랭하게 바라보고 있었다.

아이지마 씨가 의심 어린 목소리로 말했다.

"그래서? 어떤 트릭인데?"

아이지마 씨는 어디까지나 타임머신의 존재를 의심하고 있었다.

타임머신이란 일종의 증발 트릭에 불과하다고 예상하는 모양이다. 어제로 갔을 내가 타임머신도 타지 않고 느닷없이 209호에서 나온 게 가장 큰 증거라는 이야기다. 자력으로 돌아왔다고 주장해도 들은 척도 하지 않았다. "다른 사람들도 그런 거지?" 아이지마 씨가 말했다.

"사라진 척하곤 어디 숨어 있는 거지?"

"뭐 하러 일부러 그런 짓을 하겠습니까?"

"그건 내가 물을 말이라고!"

아이지마 씨는 성난 표정으로 말했다.

"다들 짜고 날 놀리는 거지. 정말 무례한 사람들이라니까."

그렇게 의심스러우면 직접 타보면 되지 않느냐고 말하려다가 가까스로 참았다. 시간 여행에 기인하는 갖은 트러블 탓에 간담이 서늘했던 입장에서 구태여 우주의 위기를 초래할 불씨를 만들고 싶지 않았다. 타임머신은 탈 게 못 된다. 위험 부담이 너무 커서 실제로 사용하기에 적합한 도구가 아니다.

"믿어주지 않아도 됩니다. 타임머신은 인류한테는 너무 일러요."

"그 말은 트릭이란 걸 인정하는 거지?"

"마음대로 생각하세요."

짤막하게 말하자 아이지마 씨는 입을 다물었다.

희미하게 매미 울음소리만이 들리는 고요한 저물녘이었다.

문득 익숙한 섬광이 복도를 메우고 강렬한 회오리바람이 몰아쳤다. 눈앞의 복도에 타임머신이 나타나 타고 있던 인간들이 와르르 떨어졌다.

히구치 씨가 느릿느릿 몸을 일으키며 말했다.

"제군, 무사한가?"

"전 언제 어느 때나 멀쩡합니다." 오즈가 말했다.

하누키 씨는 "무사하긴 한데"라며 조가사키 씨와 아카시 군의 등을 쓸어주었다. 타임머신을 타면 멀미하는 체질의 두 사람 다 바닥에 웅크리고 있었다.

그런데 아카시 군은 엉금엉금 기어 타임머신으로 돌아가려 했다.

"선배를 모시러 가야……."

"안 그래도 돼, 아카시 군. 난 이미 여기 있으니까."

그 자리에 있던 전원이 일제히 나를 돌아보고는 동작을 멈추었다. 그제야 내 존재를 알아차린 듯했다. 모두 마치 유령이라도 본 것 같은 표정이었다.

"어떻게 돌아온 겁니까?"

오즈의 물음에 나는 대답했다.

"돌아올 수 없었어."

⁂

'어제'에 남겨진 나는 어떻게 '오늘'로 귀환했나.

이미 밝혔듯이 콜라 사건이 있은 뒤 209호에서는 밤을 새워 에어컨의 죽음을 애도했다. 히구치 세이타로가 두드리는 목탁 소리가 울려 퍼지는 가운데 조문하러 찾아온 연립 주민이 계속 드나들었다. 209호에 내내 사람이 있는 바람에 벽장에서 빠져나올 기회가 없었다. 리드미컬한 목탁 소리에 졸음이 밀려와 이내 꾸벅꾸벅 졸기 시작했다. 그러다가 히구치 씨의 "심두를 멸각하면 다다미 넉 장 반 또한 가루이자와와 같도다. 할!"을 들은 데서 기억이 끊겼다.

정신이 들고 보니 문틈으로 빛이 비쳐들고 있었다.

온몸이 땀에 젖고 의식은 몽롱해서 얼마 동안 내가 어디 있는지도 알 수 없었다.

정신을 못 차리고 있는데 벽장 밖에서 "요 녀석이" "헹, 겨우 고겁니까"라는 목소리가 들려왔다. 밖을 엿보니 웃통을 벗은 오즈와 내가 리드미컬하게 수건으로 때리고 맞고 있었다. 나는 벽장에서 잠이 들어 밤을 보낸 듯했다.

거기에 아카시 군의 맑은 목소리가 들려왔다.

"사이 좋은 모습이 얼간이 같구나."

그다음은 독자 제씨가 아시는 바와 같다.

다무라의 등장, 히구치 씨의 기상, 조가사키 씨와 하누키 씨의 등

장, 타임머신 발견, '타임머신으로 어디로 갈 것인가 회의' 개최, 제1차 탐험대(히구치 씨, 하누키 씨, 오즈) 출발, 다무라의 재등장, 그리고 제2차 탐험대(아카시 군과 나) 출발…….

그동안 나는 내내 209호 벽장에 숨어 있었던 것이다.

염열지옥 같은 더위 속에서 먹지도 마시지도 못하고 변소에도 못 간 채 거의 꼬박 하루를 버텨야 했다. 하지만 가장 괴로웠던 것은 어제의 우리가 벌이는 어리석은 행동을 말릴 수 없다는 사실이었다. 여기서 괜한 참견을 했다간 모든 노력이 물거품이 된다. 어제에서 돌아온 히구치 씨와 다른 이들이 조가사키 씨의 충고도 무시하고 리모컨을 랩으로 둘둘 마는 동안에도, 그 어리석은 행동이 또 다른 비극을 야기할 것을 알면서도 절치액완하며 참는 수밖에 없었다.

마침내 벽장에서 나왔을 때 맛본 해방감이란 지금까지 살며 처음 느껴보는 것이었다. 꼬박 하루를 벽장 안에서 보낸 사람에게 다다미 넉 장 반은 가루이자와처럼 시원했고 수도꼭지에서 쏟아지는 수돗물은 기부네의 계곡물처럼 맑았다. 나는 개수대에 머리를 박아 정신없이 물을 맞고 미지근한 보리차를 실컷 마신 다음 좌우지간 변소에 가려고 문을 열었다.

아이지마 씨가 혼자 복도 소파에 앉아 있었다.

"어떻게 된 거지?"

아이지마 씨가 안경 렌즈 뒤의 눈을 둥그렇게 떴다.

"너 언제부터 거기 있었어?"

"어제부터 계에에에에속 있었거든요!"

나는 급히 소리치고 변소로 달려갔다.

이렇게 해서 나는 자력으로 8월 12일로 귀환했다.

하누키 씨가 어이없다는 듯 말했다.

"벽장에서 하룻밤을 보냈다고? 용케 그런 게 가능했네."

"다른 방법이 없었거든요."

하누키 씨가 문득 "어라?"라며 고개를 갸웃했다.

"지금 어제로 널 데리러 가면 여기 있는 너랑 돌아온 너, 합쳐서 두 명이 되잖아? 그건 어쩌고?"

"그러니까 데리러 갈 필요가 없는 겁니다."

어젯밤부터 방금 전까지 나라는 인간은 쭉 두 명 존재했다. 하지만 한쪽 나는 타임머신을 타고 어제로 가서 두 번 다시 돌아오지 않는다. 보다 엄밀히 말하자면 그 돌아오지 않은 내가 벽장에 숨어 하룻밤을 보내고 지금 이렇게 이야기하고 있는 내가 되는 셈이다.

하지만 하누키 씨는 영 이해가 되지 않는 모양이었다.

"어째 속은 느낌인데. 히구치, 넌 납득했어?"

"납득한 건 아니지만 굳이 따질 이유도 없군."

아카시 군이 일어나 "후우" 하고 숨을 내쉬었다. 볼에 핏기가 조금 돌아왔다. 그녀는 천천히 다가와 지금 여기에 있는 나의 진위를 가늠하려는 듯 눈살을 찌푸리며 나를 노려봤다. "그럼 모시러 가지 않아도 되는 거죠?"

"난 여기 있으니까 말이지."

아카시 군은 한숨을 쉬었다.

"모시러 갈 생각이었어요."

"그건 알아. 그렇지만 이젠 신경 안 써도 돼."

"그럼 이제 해결된 거네요?"

"그런 셈이지."

우리는 말없이 타임머신을 쳐다봤다.

다무라가 "저기"라며 손을 들었다.

"좀 갑작스러워서 죄송하지만 전 이만 실례할게요."

"저런, 벌써 가시게?" 오즈가 말했다. "더 놀다 가시지."

"다들 꽤 걱정하나봐요."

"다들?"

"아까 미래로 리모컨을 가지러 갔을 때 위원회 사람들이랑 저 자신한테 엄청 혼났거든요. 반년 전 제가 좀처럼 돌아오지 않아서 다들 죽도록 걱정했다고요. 그러니까 서둘러서 돌아가는 게 좋을 것 같아요."

다무라는 예의 바르게 머리를 숙였다.

"여러분, 신세 많이 졌습니다."

"두 번 다시 오지 마라."

조가사키 씨가 화난 목소리로 말했다. "피해 막심하다."

"그런 쌀쌀맞은 소리 할 건 없잖아." 하누키 씨가 말했다.

"다무라의 기지로 리모컨을 손에 넣었고 말이죠." 오즈가 말했다. "그 생각은 저도 못 했다고요. 참으로 천재적인 발상입니다."

"조가사키의 말은 신경 쓸 것 없다."

히구치 씨가 다무라의 어깨를 쳤다.

"사양 말고 언제든지 놀러오도록."

"감사합니다, 스승님. 그 말씀을 들으니 기쁘네요."

애초에 다무라가 타임머신을 타고 현대로 오지 않았다면 우리가 어제의 리모컨을 가지러 간다는 계획을 세우지도, 우주를 위기에 빠뜨리지도 않았다. 시간 여행자로서의 자각이 결여된 여러 언동에 노여움도 느꼈다. 하지만 어째선지 묘하게 미워할 수 없는 사내이기도 했다. 같은 시대에 살았다면 친구가 됐을 것이다. 사반세기 뒤의 미래에 다무라가 히구치 세이타로 같은 괴인에게 현혹되는 일 없이 유의미한 학창 생활을 보내기를 바라 마지않는다.

"그럼 여러분, 건승을 빕니다!"

고풍스러운 작별 인사와 더불어 다무라가 레버를 당기자 타임머신이 사라졌다. 돌연했던 등장과 마찬가지로 퇴장도 갑작스러웠다.

모두 여름날의 환상 같았다.

"가버렸네요."

아카시 군이 나지막이 말했다.

숙연한 분위기 가운데 아이지마 씨가 머뭇머뭇 말했다.

"혹시 정말로 타임머신이었어?"

"그걸 이제 알았냐."

조가사키 씨가 어이없다는 듯 말했다.

"아카시 씨, 오늘 그쪽에 있나요?"

천장 스피커에서 집주인의 쉰 목소리가 들려왔다.

"어제 두고 간 물건을 가지러 왔으면 좋겠는데요."

아카시 군은 스피커를 올려다보며 이상하다는 듯 중얼거렸다.

"뭘까요…… 잠깐 갔다올게요."

아카시 군이 돌아오기를 기다리는 동안 다른 사람들은 뒤풀이를 어떻게 할지 의논하기 시작했다.

원래는 어젯밤에 영화 〈막부 말기 연약자 열전〉의 뒤풀이를 할 예정이었는데, 에어컨의 명복을 비느라 연기됐다. 그들은 '우주를 구했으니 성대하게 놀자' 하고 신나서 떠들고 있었다. 독자 제씨는 이미 아시겠지만 우주를 구한 사람은 아카시 군과 나이고 다른 인간들은 철두철미하게 유해무익한 일만 했다. 하지만 이제 반론할 기력도 없었다.

하누키 씨가 복도 구석을 가리키며 말했다.

"얘, 저 가방 다무라 거 아냐?"

손가락이 가리키는 곳을 보니 검은 숄더백이 달랑 놓여 있었다. 미래의 물건답지 않은 촌티는 잘못 보려야 잘못 볼 수 없었다. 분명히 다무라 것이었다.

"참 허술한 시간 여행자로군!"

"또 가지러 올지도 모르겠네."

"일단 제가 맡아 가지고 있죠."

아무리 촌티가 흘러도 미래의 가방은 미래의 가방이다. 아무 데나 막 내버려두었다간 어떤 시공적 문제가 발생할지 모른다.

나는 209호 문을 열고 다무라의 가방을 개수대 옆에 놓았다.

문을 닫기 전 문득 내 방 에어컨을 올려다봤다.

다무라 말로는 사반세기 뒤 미래에도 209호에서 같은 에어컨을 쓰고 있다고 했다. 죽은 줄 알았던 에어컨이 기적적으로 부활해 그 뒤로도 오랫동안 사용되는 것이다. 그렇다면 처음부터 타임머신을 쓸 필요가 없었다는 뜻이다. 우리는 무의미하게 우주를 위기에 빠뜨리고 갖은 고생을 하며 뒤치다꺼리를 한 것에 불과했다. 완전히 '타임머신의 낭비'였다.

형언할 수 없는 한심함을 곱씹는데 오즈가 바짝 다가붙었다.

"오늘은 당신이 사는 겁니다."

"왜 그렇게 되는데."

"리모컨을 망가뜨렸다고 저를 있는 대로 괴롭혔잖습니까. 하지만 리모컨은 딱 고쳐졌잖아요? 그럼 저는 괜히 힘들게 괴롭힘만 당한 셈이죠."

"네가 콜라를 쏟은 건 사실이잖냐."

그때 나는 의문을 품었다.

"어째 이상하지 않냐?"

"뭐가 이상해요?"

"네가 어제 콜라를 쏟은 리모컨은 다무라가 미래에서 가져온 리모컨이지? 그걸 아카시 군이 어제 전파상에 가져갔어. 그게 고쳐져서 미래로 이어지는 건가?"

"그렇죠, 그렇게 해서 모순이 없어지는 겁니다."

"아니지, 그럴 리 있냐. 완전 모순이라고!"

나는 복도의 잡동사니 무더기에서 헌 칠판을 끌어내 시공을 초월한 리모컨 이동의 도해를 그리기 시작했다.

내가 분필로 그린 그림은 다음과 같다.

어제: 리모컨에 콜라가 쏟아짐

↓

리모컨이 고쳐짐

↓

이후 209호에서 계속 사용됨

↓

이십오 년 뒤의 다무라가 어제로 가져옴

↓

리모컨에 콜라가 쏟아짐

(이하 반복)

"이건 다소 묘하군."

히구치 씨가 턱을 쓰다듬으며 중얼거렸다.

이 도해가 맞는다면 리모컨은 어느 순간 허공에서 홀연히 이 세계에 나타나 지난 이십오 년간이라는 한정된 시공을 영구히 순환하고 있는 게 된다.

그런 일은 있을 수 없다. 다시 말해 뭔가가 근본적으로 잘못된 것이다.

그때 복도 저편에서 아카시 군이 걸어왔다.

"왜 그러세요?"

"아카시 군, 큰일 났어."

"저도 중대한 발견을 했어요."

그녀는 그렇게 말하며 작은 진흙투성이 물건을 내밀었다.

아까 집주인이 안내방송에서 말한 '두고 간 물건'이었다. 오늘 아침 케차의 개집에서 발견했는데, 자신은 모르는 물건이니 분명 어제 촬영하러 왔던 학생들이 두고 갔을 것이라고 집주인은 생각했다. 하지만 아카시 군은 그것을 들자마자 케차가 정원에서 파낸 게 틀림없다 확신했다고 했다.

"에어컨 리모컨 아닌가요?" 아카시 군이 말했다.

조가사키 씨가 "설마"라고 중얼거렸다.

"내가 백 년 전의 늪에 떨어뜨린 그거라고?"

들러붙은 진흙을 씻어내고 꽉꽉 감은 랩을 가위로 잘라내니 눈에 익은 리모컨이 나타났다. 백 년 전의 늪으로 간 리모컨은 땅속에서 백 년을 보낸 뒤 땅 파기에 열심인 개 케차에 의해 발굴된 것이다.

백 년의 시간을 건너뛴 기적적인 재회에 우리가 할 말을 잃고 있으려니 하누키 씨가 "혹시 지금도 쓸 수 있을지도"라고 말했다.

"그럴 리 없잖습니까. 백 년이나 지났는데."

"하지만 보기엔 멀쩡하잖아."

"워낙 꽉꽉 잘 감았으니 말이지." 히구치 씨가 가슴을 펴며 으스댔다.

나는 리모컨 건전지를 바꿔 끼운 다음 에어컨을 향해 전원 버튼을 눌렀다. 삑 하는 경쾌한 소리가 나더니 시원한 바람이 뺨을 어루만졌다.

모두가 감탄의 한숨을 쉬었다.

"다시 말해 이렇게 되는 건가."

나는 칠판의 도해를 전면적으로 수정했다.

리모컨이 백 년 전의 늪에 빠짐

↓

땅속에서 백 년을 보냄

↓

오늘 아침 케차가 발굴함

↓

이후 209호에서 계속 사용됨

↓

이십오 년 뒤의 다무라가 어제로 가져옴

↓

리모컨에 콜라가 쏟아짐

가히 백이십오 년에 이르는 장대한 시공의 여로였다.

오즈가 어쩌다 쏟은 콜라 때문에 망가진다는 어이없을 만큼 싱거운 최후도, 되레 '운명'이라는 것을 강하게 느끼게 했다.

"'시간을 달리는 리모컨'이네요."

아카시 군이 중얼거리고는 살짝 겸연쩍은 표정을 지었다.

끝이 좋으면 모두 좋다. 남은 것은 뒤풀이뿐이다.

'타의 추종을 불허하는 볶음밥 애호가'를 자처하는 히구치 세이타로는 굳은 의지가 담긴 목소리로 "청춘의 저녁밥이란 모름지기 한여름의 볶음밥"이라고 말했다. '타의 추종을 불허하는 맥주 고래'를 자처하는 하누키 씨는 별똥별에 소원을 비는 듯한 어조로 "맥주! 맥주! 맥주!"라고 말했다.

그리하여 볶음밥과 맥주가 종종 만나는 지점, 데마치야나기의 중국집에서 뒤풀이를 하기로 했다.

중앙 현관을 통해 밖으로 나갔다가 나는 두고 온 게 있다는 것을 깨달았다.

"아이지마 선배 안경!"

조가사키 씨가 타임머신을 타고 백 년 전으로 가 있는 동안 우리는 모두 에어컨 리모컨을 찾아 다녔다. 그때 발견해 내 방 책상에 두고 나서 까맣게 잊고 있었다. 나는 "바로 가져올게요"라 하고는 신을 벗고 돌아갔다.

계단을 올라가는데 2층에서 큰 소리가 들리면서 강풍이 불었다. 이미 여러 번 들은 소리였다. 서둘러 계단을 올라가 복도를 보니 아니나 다를까 다무라가 허둥지둥 타임머신에서 일어서고 있었다.

"어이, 다무라. 벌써 돌아온 거냐?"

"아, 안녕하세요."

다무라는 멋쩍은 표정으로 돌아봤다.

"가방을 두고 가서요. 혹시 못 보셨나요?"

"걱정 마라. 내가 잘 보관했으니까."

나는 209호 문을 열었다. 다무라의 가방은 개수대 옆에 잘 있었다. 가방을 집어 다무라에게 주려다가 떨어뜨리고 말았다. 충격으로 가방이 열리면서 당초무늬 수건을 비롯해 자잘한 물건이 복도에 쏟아졌다. "미안하다"라며 몸을 굽힌 순간 나는 어느 물건에 시선을 빼앗겼다. 전체적으로 때가 탄 작은 곰 인형이었다.

"어이, 다무라. 그건 뭐냐?"

"찰떡곰이에요."

다무라는 물건을 가방에 담으며 말했다.

"자취를 시작했을 때 어머니가 억지로 떠넘긴 거죠. 다다미 넉 장 반에서 생활하려면 외로우니까 가져가라고요. 전 별로 필요 없는데 말이죠. 어머니는 이거 말고도 많이 갖고 계세요. '보들보들 전대 찰떡곰맨'이라고 하는데……."

세월이 흘렀어도, 몰랑한 궁둥이 곡선은 알아보지 못할 리 없었다. 눈 덮인 마장의 풍경이 뇌리에 선명하게 되살아났다. 흩날리는 눈, 아카시 군의 발자국, 눈에 파묻힌 곰 인형. 이십오 년이나 미래에서 온 다무라가 어째서 같은 것을 갖고 있나. 답은 하나뿐이었다.

"넌 아카시 군의 아들이냐?"

"네에. 뭐, 그렇죠."

다무라는 가방을 닫고 혀를 쏙 내밀었다.

"왜 말 안 한 건데!"

"그런 말을 어떻게 대놓고 해요?"

다무라는 명랑하게 웃었다. "저도 시간 여행자로서의 자각은 있어요. 역사가 이상하게 바뀌었다간 제가 곤란해지는 것쯤은 안다고요. '다무라'도 가명이거든요. 아버지가 데릴사위라서 제 성은 '아카시'예요."

"이럴 수가."

"어머니한테는 말하지 마세요. 아직 아무것도 모르니까."

"그건 상관없는데." 나는 신음했다. "그럼 넌 다 알고 있었던 거냐? 오늘 여기서 무슨 일이 벌어질지. 어머니, 아니, 아카시 군한테 들었어?"

"그런 건 아니고요."

다무라는 타임머신에 올라타며 말했다.

"어머니는 부끄럽다고 학창시절 이야기를 전혀 안 해주고 아버지도 어머니랑 어떻게 만났는지 거의 말을 안 해서……. '성취된 사랑만큼 이야기할 가치가 없는 것은 없다'라면서 말이죠. 그래서 단편적인 사실밖에 몰랐어요. 미리 가르쳐줬으면 저도 좀 더 잘 대처했을 것 같은데요……. 어쨌거나 우주의 위기는 회피했고 에어컨도 구했으니까 불만 없어요. 끝이 좋으면 모두 좋다!"

다무라는 목적지를 설정하고 "이제 진짜 작별이에요"라고 말했다.

"친구들이 이십오 년 뒤에서 기다리거든요. 데마치야나기의 중국집에서 시간 여행 성공을 축하하는 뒤풀이를 하려고요."

"잠깐만 기다려봐!"

나는 황급히 타임머신에 달려갔다.

"하나만 가르쳐줘. 너희 아버지는 누구지?"

다무라는 서부극의 카우보이처럼 검지를 들며 혀를 쯧 찼다.

"안 될 말씀이에요. 그걸 말했다간 미래가 달라질지도 모르잖아요. 그런 위험한 일을 어떻게 해요? 전 시간 여행자로서 책임이 있다고요."

그러더니 씩 웃었다.

"미래는 자기 손으로 쟁취하는 거예요."

"촌티 나는 녀석이 미남 같은 말을 하고 앉았군."

"제가 원래 좀 그래요."

다무라는 한 눈을 질끈 감았다. 하도 어색해서 뭘 하는 건지 알 수 없었는데, 나중에 생각하니 윙크였나 보다.

"건투를 빌게요. 하오면 이만!"

다무라는 고풍스러운 작별 인사를 남기고 다시 미래로 돌아갔다.

얼마 동안 멍하니 있다가 나는 아이지마 씨의 안경 케이스를 집어 돌아갔다. 중앙 현관까지 갔을 때 기다리다 지친 친구들이 "왜 이렇게 늦어!" 하고 비난을 퍼부었다. 다무라와 주고받은 말은 가슴속에 묻어둬야 할 것이다. 내가 안경 케이스를 내밀자 아이지마 씨는 "이거야! 이거!"라며 기뻐했다.

유일하게 아카시 군만은 이상하게 생각한 모양이다. 현관 앞 자갈

길을 걷기 시작했을 때 "무슨 일 있었어요?"라고 물었다.

"아니, 아무것도 아냐." 나는 고개를 흔들었다.

우리는 시모가모 유스이 장에서 날 저무는 시모가모 이즈미가와초로 나섰다.

타임머신 탓에 '어제와 오늘'이라는 이틀에 내내 갇혀 있던 느낌이었다. 실제로 나는 벽장 안에서이기는 해도 다른 사람들보다 이십사 시간 더 산 셈이다. 지난 이틀간이 무시무시하게 길게 느껴지는 것도 당연하다.

쪽빛 어스름에 잠긴 거리의 정경도, 이따금 부는 시원한 저녁 바람도 꽤나 오랜만에 맛보는 것 같았다.

"믿을 수 없군. 하여간 믿을 수 없어."

아이지마 씨는 투덜거리며 걸었다.

"그저 어제랑 오늘을 왔다 갔다 했을 뿐이라니 완전히 타임머신 낭비 아냐? 얼마든지 유익한 활용법이 있었을 텐데. 최소한 역사적으로 가치가 있는 물건을 가져온다든지."

심정은 이해하지만 아이지마 씨가 할 말은 아니다.

"갓파 전설의 수수께끼는 풀렸잖습니까."

내 말에 조가사키 씨가 생각났다는 듯 히구치 씨에게 대들었다.

"난 아직 너 용서 안 했다."

"귀군도 끈덕진 사내로군. 덕분에 역사적 인물이 됐잖나."

히구치 씨는 저녁 하늘을 향해 웃었다.

"그나저나 에어컨이 부활해서 다행입니다, 스승님. 한동안 이제 어쩌나 싶었는데요."

"음. 이제 늦더위도 무사히 넘길 수 있겠군."

오즈와 히구치 씨가 주고받는 말을 듣고 나도 모르게 끼어들었다.

"무슨 이야기죠? 제 방에 죽치고 있을 생각입니까?"

"웬걸, 그럴 것까지도 없어."

"무슨 뜻입니까?"

"귀군의 방에서 냉기가 스며들거든."

히구치 씨에 따르면 시모가모 유스이 장의 얇은 벽에는 여기저기 틈새가 있다고 한다. 209호의 시원한 공기 덕에 히구치 씨는 지금까지 여름을 쾌적하게 지내온 모양이다. 그런데 오랜 세월 209호에서 살던 사법시험 준비생이 이사를 나가게 됐다. 거기서 낙점된 게 아래층에 살던 나였던 것이다.

생각해보면 209호가 비었다고 맨 먼저 알려준 사람도 오즈, 이러쿵저러쿵 열변을 토해 내게 이사하자는 마음이 들게 한 사람도 오즈, 1층에서 2층으로 이사를 거들어준 사람도 오즈였다. 게이후쿠 전철 연구회 추방에 대한 속죄라고 굳게 믿었던 나는 말도 안 되게 어수룩한 바보였다 하지 않을 수 없다.

"글쿠나. 그런 시스템이었던 거네."

하누키 씨가 말했다. "어쩐지 그 방이 시원하다 했어."

어안이 벙벙해서 쳐다보는데 히구치 씨가 "귀군" 하고 친근하게 불렀다.

"귀군의 입문을 허락하지. 앞으로도 오래오래 잘 부탁한다."

아카시 군이 돌아보고 "잘됐네요"라며 미소 지었다.

하지만 나는 모호하게 웃을 수밖에 없었다.

정말 잘된 일이 맞나? 사악한 인간들에게 밥 취급을 받는 것뿐인 게 아닌가? 나는 착실히 파멸로 가는 길을 걷기 시작한 게 아닌가?

오즈가 바짝 붙어서서 내 어깨를 끌어안았다.

"그러니까 앞으로도 잘 지내자고요."

"넌 흉계를 꾸미는 것밖에 못 하냐?"

"그런 말 마셔. 다 당신 좋으라고 하는 일이니까."

오즈는 요괴 같은 웃음을 지으며 실실 웃었다.

"제 나름의 사랑입니다."

"그렇게 더러운 것 필요 없다."

나는 대답했다.

솔숲을 지나자 아름답고 맑은 쪽빛 하늘이 펼쳐졌다.

우리는 제방을 내려가 카모 강 델타의 돌출부로 갔다. 물소리가 한층 커졌다. 히구치 세이타로가 배의 이물에 선 선장처럼 델타의 돌출부에 우뚝 섰다. 북동에서 흘러오는 다카노 강과 북서에서 흘러오는 가모賀茂 강이 눈앞에서 뒤섞여 카모鴨 강이 되어 도도히 남쪽으로 흘러갔다.

하나둘 불이 들어오기 시작하는 가로등 불빛을 받아 수면은 은박지가 살랑살랑 흔들리는 것처럼 보였다. 눈앞에는 가모 큰다리가 묵직하게 가로놓여 있다. 난간에 예의 바르게 늘어선 전등이 주황색 불빛을 던지고, 반짝이는 차가 쉴 새 없이 오갔다. 어스름에 잠겨가는 카모 강변에는 개를 산책시키는 사람들, 더위를 식히러 나온 대학생들의 모습이 드문드문 보였다.

징검돌을 타고 가모 강을 서쪽으로 건너자 아카시 군이 혼자 뒤따라왔다.

"다들 참 천천히 오시네요."

"뒤풀이를 할 마음은 있는 건지. 난 배고파 죽겠는데."

나는 볶음밥과 맥주를 갈망하며 카모 강 델타를 돌아봤다.

히구치 세이타로는 사람들이 멀찍이 거리를 두고 쳐다보는 가운데 델타 돌출부에 두 팔을 벌리고 서 있었고, 오즈는 발을 헛디디는 바람에 바짓자락이 젖었고, 하누키 씨는 그 모습을 손가락질하며 "아하하" 하고 웃고 있었다. 조가사키 씨는 그런 그녀가 물에 빠질까봐 조마조마해하며 두 팔을 벌려 막고 있었다. 아이지마 씨는 홀로 선 채 애용하는 안경을 닦으며 무슨 기억이 떠올랐는지 히죽거리고 있었다. 하여간 괴상망측한 인간들이었다.

나는 왜 이런 사람들과 같이 있는 걸까 싶었다.

하지만 그런 정경이 묘하게 친숙하게 느껴졌다. 전에도 이런 장면을 본 적이 있다는 생각이 자꾸만 들었다. 모든 게 되풀이되고 있다는 강렬한 감각, 소위 기시감일 것이다.

강 건너 건물들 너머로 다이몬지 산이 보였다.

"아까부터 생각하는 게 있는데요."

아카시 군이 내 옆에 서서 말했다.

"타임머신을 써도 과거는 못 바꿀지도요."

나는 그럴 리 없다고 말했다. "과거가 바뀌지 않은 건 아카시 군과 내가 모순이 없게 했기 때문이야. 안 그러면 히구치 씨며 오즈가 멋대로……."

"그렇지만 다들 결국 멋대로 행동하셨잖아요."

듣고 보니 정말 그랬다. 하누키 씨는 과거의 우리 틈에 당당하게 섞여 영화 촬영을 견학했고, 히구치 씨는 비달 사순을 어제의 자기 자신에게서 훔치기까지 했다. 그런데도 기적적으로 모순이 생기지 않았다. 오히려 지나치게 모순이 없었다고 할 수 있을 것이다.

하지만 타임머신을 써도 과거가 달라지지 않는다면 우리 노력은 대체 뭐였나.

"시간은 한 권의 책 같은 거라고 생각해봤거든요."

아카시 군은 쪽빛 하늘을 올려다보며 말했다.

"그게 과거에서 미래로 흘러가는 것처럼 느끼는 건 우리가 그렇게만 경험할 수 있기 때문이에요. 예를 들어 여기 책 한 권이 있다고 쳐요. 우리는 그 책의 내용을 단번에 알 수는 없어요. 책장을 한 장씩 넘겨가며 읽는 수밖에 없는 거예요. 하지만 책의 내용 자체는 이미 한 권의 책으로 거기에 있어요. 먼 과거도, 먼 미래도 모두……."

나는 그녀가 무슨 말을 하려는 건지 그제야 이해했다.

"모든 게 정해져 있다는 말이군."

"만약 미래에 타임머신이 발명된다면 그 사실은 당연히 그 책에 쓰여 있을 거예요. 그럼 타임머신이 일으킬 사태도 마찬가지로 책에 쓰여 있죠. 그러니까 '과거를 바꿀 수 없다'란 건 엄밀히 말하면 다를지도 몰라요. 모두 이미 일어난 거예요. 바꾼다, 바꾸지 않는다, 그런 문제가 아니라."

"하지만 그래선 미래에 자유가 전혀 없는 것처럼 들리는데."

"우리는 미래에 대해 아무것도 모르잖아요. 아무것도 모르면 뭐든 할 수 있어요. 그럼 자유가 있는 게 되지 않을까요?"

"아니, 적어도 다무라가 태어난다는 건 알지."

아카시 군은 "그건 그러네요"라며 웃었다.

"재미있는 사람이었죠? 어쩐지 벌써 한참 지난 것 같아요."

그 뒤 얼마 동안 아카시 군은 카모 강을 바라보며 생각에 잠겨 있었다.

무슨 고민을 하느냐고 묻자, 조금 전 자신의 생각에 따른다면 영화 〈막부 말기 연약자 열전〉의 줄거리가 달라진다고 했다.

아닌 게 아니라 영화에서 막부 말기로 타임슬립을 한 주인공 긴가 스스무 때문에 메이지 유신이 일어나지 않게 된다. 아카시 군의 가설에 따른다면 타임슬립을 한 곳에서 긴가 스스무가 어떤 만행을 저지르든 메이지 유신은 피할 수 없다는 스토리가 될 것이다. “혹시 다시 찍으려고?”라고 묻자 아카시 군은 “설마요!”라며 웃었다.

“그건 그거고요. 전 신작을 찍고 싶어요.”

“응, 그게 좋겠어.”

“선배가 어제 말씀하신 다다미 넉 장 반을 방황하는 사람 이야기.”

아카시 군은 말했다. “그게 좋을 것 같은데요.”

그때 마치 계시처럼 근사한 아이디어가 떠올랐다.

“〈다다미 넉 장 반 신화대계〉란 제목은 어때?”

아카시 군은 밝은 표정으로 “좋은데요”라고 말했다.

영화가 될 법한 아이디어가 또 하나 있었다. 어제와 오늘, 시모가모 유스이 장에서 벌어진 일, 즉 다무라와 타임머신을 둘러싼 소동을 영화로 만들면 된다. 시모가모 유스이 장에서 찍으면 되거니와 다무라 외의 출연진은 이미 다들 있다.

“제목은 어떻게 할까?”

“벌써 정했어요.”

“어떤 제목인데?”

"〈서머 타임머신 블루스〉예요."

아카시 군은 "괜찮죠?"라며 미소를 지었다.

〈다다미 넉 장 반 신화대계〉와 〈서머 타임머신 블루스〉.

앞으로도 그녀의 영화 제작을 도울 수 있다니 기쁜 일이다. 반드시 사랑스러운 허접쓰레기 영화로 길러내 동아리의 보스 조가사키 씨가 하얗게 질리게 하고야 말겠다.

하지만 지금 가장 시급한 문제는 '고잔오쿠리비'다.

나는 어제 8월 11일 저녁에 아카시 군에게 고잔오쿠리비를 함께 보러 가자고 청해 승낙을 얻었다.

하지만 그건 8월 12일의 아카시 군이 '어제의 저에게 청해주세요'라고 부탁했기 때문이다. 그처럼 주체성이 눈곱만큼도 없는 약속이 남녀 간에 유효할 리 없다. 한편 8월 11일 시점의 아카시 군 입장에서는 어디까지나 내가 주체적으로 말을 꺼낸 것처럼 보였을 것이다. 그 단계에서 승낙했다는 사실에서 '원래부터 아카시 군은 내게 호감을 갖고 있었다'라고 판단할 수 있다. 하지만 아카시 군은 이미 알고 있다. 8월 11일의 자신에게 고잔오쿠리비를 보러 가자고 한 사람은 8월 12일의 나이며 8월 12일의 아카시 군의 제안에 따른 것에 불과하다는 사실을. 그렇다면 현재의 아카시 군이 어제 내가 한 말이 진짜라고 믿을 리 없다.

카모 강 델타로 시선을 돌리니 그제야 다른 사람들이 이쪽으로 오고 있었다.

"여러분, 얼른 뒤풀이하러 가요!"

아카시 군이 크게 손을 흔들며 말했다.

나는 그녀의 옆얼굴을 바라보며 다무라가 한 말을 생각했다.

다무라의 부모님은 학창시절에 만났다고 한다. 어머니가 아카시 군이라면 아버지는 대체 누군가. 우리가 잘 아는 인물인가. 아니면 미지의 인물인가.

내 알 바 아니다. 온 마음으로 그렇게 말하고 싶어졌다.

시공의 저편까지 끝없이 이어지는, 판에 박은 듯이 똑같은 다다미 넉 장 반의 대행렬. 어제가 오늘과 똑같고 오늘은 내일과 똑같고…… 그런 무의미한 반복도 오늘로 안녕이다. 나는 숨을 크게 들이마시고 아카시 군에게 말을 걸려 했다.

그때 그녀가 "선배" 하고 속삭였다.

"고잔오쿠리비는 어디서 구경할까요?"

그 여름날의 해 질 녘을 나는 영원히 잊지 못할 것이다.

이렇게 해서 우리의 여름은 저물어간다. 두 번 다시 되풀이될 일은 없을 것이다. 타임머신을 쓴다 해도 되돌릴 수 없다.

나와 아카시 군의 관계가 그 뒤 어떤 전개를 보였는지는 본 글의 취지에서 일탈된다. 따라서 그 기쁨 반, 쑥스러움 반인 묘미에 관해 상세히 쓰는 것은 삼가련다. 독자도 그런 타기唾棄할 것을 읽느라 귀중한 시간을 시궁창에 버리고 싶지는 않으리라.

성취된 사랑만큼 이야기할 가치가 없는 것은 없다.

다다미 넉 장 반

타임머신 블루스

다다미 넉 장 반 타임머신 블루스

1판 1쇄 인쇄 2025년 2월 21일 **1판 1쇄 발행** 2025년 3월 21일
지은이 모리미 도미히코 **옮긴이** 권영주
펴낸이 박강휘
편집 박정선 **디자인** 지은혜
마케팅 이헌영 박유진 **홍보** 박상연 이수빈

발행처 김영사
주소 경기도 파주시 문발로 197(문발동) 우편번호10881
등록 1979년 5월 17일(제406-2003-036호)
주문 및 문의 전화 031)955-3200 **팩스** 031)955-3111
편집부 전화 02)3668-3291 **팩스** 02)745-4827 **전자우편** literature@gimmyoung.com
비채 블로그 blog.naver.com/viche_books
인스타그램 @drviche @viche_editors **트위터** @vichebook
ISBN 979-11-7332-117-7 03830
책값은 뒤표지에 있습니다.

비채는 김영사의 문학 브랜드입니다.